Vorwort

Während
der Sturm- und Drangzeit
in meiner Jugend,
stellte ich meiner Mutter
immer wieder mal eine
neue Freundin vor.

Oft geschah es dann, dass
meine Mutter mich fragte:
„Muss ich mir den Namen
deiner neuen Freundin
merken oder wird das
wieder nur so eine

•

Kurzgeschichte?"

Eine kleine Allgäu-Rundreise

Ein Freund von mir hatte eine Einladung zu einem „Tag der offenen Türe" bei der Volkshochschule in Wangen im Allgäu bekommen.

Da er nicht alleine dorthin gehen wollte, holte er mich einfach von zuhause in Isny im Allgäu ab.

Wir besuchten eine Veranstaltung, wo eine Band spielte, in der er vor Jahren Mitglied war und dort sang. Damals gab es wohl keinen schönen Abschied und so brauchte er meinen seelischen Beistand für das Wiedersehen. Es hatte ihn seither sehr gegrämt, dass er nicht mehr dabei sein konnte, bedeutete Musik doch sehr viel für ihn. Wir hielten uns nicht allzu lange dort auf, weil die Mitglieder der Band, genau wie wir, in die Jahre gekommen waren. Ihrer Vorstellung fehlte es am nötigen Pep und die Finger mochten auch nicht mehr so flink auf dem Gitarrenbrett tanzen, wie in den zurückliegenden Jahren.

Ich denke, dass die Vorstellung
seiner ehemaligen Kameraden
an diesem Abend dazu beitrug,
dass es leichter für ihn wurde,
nicht mehr Teil von ihnen zu
sein.
Wir beschlossen zu ihm nach
Hause in Leutkirch im Allgäu zu fahren, wo er das Auto
abstellte, sodass wir dort
noch einen kleinen Umtrunk
machen konnten. Ich würde
danach mit dem Bus wieder
zurück nach Isny im Allgäu
fahren und somit unsere kleine
Allgäu-Rundreise beenden.
Auf der Fahrt nach Leutkirch
erzählte ich ihm, dass mein
Sohn beschlossen hatte zu
heiraten. Seine zukünftige
Frau arbeitete in Leutkirch in
einem Lokal, in dem auch mein
Freund gelegentlich einkehrte.
Doch irgendwie hatte er keine
Vorstellung davon, um welche
der Bedienungen es sich han-
deln konnte.
Nachdem das Auto versorgt
war, tranken wir noch ein Bier
im „Café Drops" in Leutkirch.

Impressum

Bibliographische Information
der Deutschen Nationalbibliothek:

Die deutsche Nationalbibliothek
verzeichnet diese Publikation in
der Deutschen Nationalbiblio-
grafie, detaillierte bibliografische
Daten sind im Internet
über dnb.dnb.de abrufbar.

© 2020 Jürgen Bahro
1. Überarbeitete Auflage
21.09.2020

Herstellung und Verlag
BoD - Books on Demand
Norderstedt

ISBN: 9 783751 904834

Mein Freund wollte noch
schnell ins „Lamm" gehen, um
einen weiteren Bekannter von
uns dort zu treffen.
Weil dieser jedoch nicht da
war, unterhielt er sich mit
drei jungen Frauen, die vor
dem „Lamm" saßen. Um das
Gespräch zu beenden, sagte er
ihnen, dass sein Freund aus
Isny im „Drops" auf ihn war-
tete. Eine der jungen Frauen
fragte ihn, wie sein Freund
denn mit Nachnamen heißt.
Als er ihr das verriet, stand
sie spontan auf, um mit ins
„Drops" zu kommen.
Ziemlich verwundert darüber,
blieb ihm nichts anderes übrig
als sie mitzunehmen. Beim
Eintreten ins „Drops" sagte
sie ihm dann, dass ich ihr
„Schwiegervater in spe" sei.
Und damit hatte sie uns beide
überrascht. Ich hatte nicht
damit gerechnet, sie an diesem
Abend zu treffen und er wusste nun auf einmal, um wen es
sich handelte. Das fanden wir
alle drei ziemlich cool und freu-
ten uns über diesen Zufall bei
einem weiteren Gläschen Bier.

Mein Essen mit Natasha

Seither sind einige Monate vergangen und doch bekomme ich dieses Essen mit Natasha irgendwie nicht mehr aus dem Kopf.

Ich hatte sie das erste Mal auf einer Tanzveranstaltung gesehen. Inmitten der großen Menschenmenge, die sich auf der Tanzfläche bewegte, tanzte sie und stach förmlich aus dieser heraus.

Sie war schlank, hatte so etwas wie eine Model-Figur.

Die langen blonden Haare bewegten sich im Takt der Musik und sie schien sichtlich Spaß am Tanzen zu haben.

„Wow," dachte ich, „die würde
ich gerne kennenlernen."
Doch es ergab sich nicht die
Möglichkeit an sie heran zu
kommen.

Zu viele Leute waren um sie
versammelt und sie befand
sich in Gesellschaft ihrer
Freundinnen, die sie gegen
andere abzuschotten schienen.
Ich hatte mir an diesem Abend
das eine oder andere Mal den
Hals nach ihr verrenkt, bis sie
plötzlich verschwunden war,
ohne dass ich sie ansprechen
konnte
„Nun, schade!"

Doch es schien mehr, als „nur schade" zu sein, denn ich bekam sie einfach nicht mehr aus meinem Kopf.

Da der Discjockey ein guter Freund von mir war, rief ich ihn an, um zu erfragen, ob er sie vielleicht kannte. Und tatsächlich wusste er zu berichten, dass sie schon öfter auf seinen Veranstaltungen war und wahrscheinlich auch am nächsten Donnerstag wiederkommen würde.

Also witterte ich meine Chance, konnte den folgenden Donnerstag kaum erwarten. Und endlich war er da!

Die Veranstaltung begann um acht Uhr und so hatte ich um sechs noch etwas Zeit, um Essen zu gehen. Ich ging zu meinem Chinesen, wo es immer ein gutes Buffet gab.

Als ich eintrat, saß, so früh am Abend, erst ein älterer Herr im Lokal alleine herum.

Ich nahm am gegenüberliegenden Tisch Platz und bestellte mir etwas zu Trinken. Plötzlich schlug die Eingangstür des Lokals auf und es traten drei

gutaussehende Frauen ein,
beladen mit mehreren Ein-
kaufstüten. Sie waren guter
Laune und benahmen sich
ziemlich ausgelassen.
Sie setzten sich an den Nebentisch des älteren Herren und
bestellten drei Gläser Sekt.
Erst jetzt bemerkte ich, dass
auch die bezaubernde Tänzerin
von der letzten Veranstaltung
unter ihnen war.
Die drei waren hübsch anzu-
sehen und ich bemerkte, dass
auch der ältere Herr an ihnen
Gefallen fand.
Sie unterhielten sich unterein-
ander auf Russisch, doch ich
fand bald heraus, dass die, die
mir so gut gefiel, Natasha hieß.

Inzwischen waren auch sie am Buffet und hatten ihre Teller bis zum Rand gefüllt. Die Sektgläser waren überraschend schnell geleert und es fiel mir auf, dass sie noch einige Flaschen Sekt in ihren Handtaschen mitführten, aus den sie ständig unter dem Tisch nachgossen. Ganz schön unverschämt, schoss es mir durch den Kopf – und mit Anstand hatte das ja wohl wenig zu tun.

Doch es sollte noch besser (schlimmer?) kommen.

Auf dem Tisch wurden Messer und Gabel ignoriert und sie aßen die chinesischen Spezialitäten mit den bloßen Fingern. Zunächst dachte ich, naja, vielleicht sind sie ja aus Sibirien und dort sind die Tischgepflogenheit so. Aber nein, ich konnte mir kaum vorstellen, das dort so gegessen wurde. Nicht, dass sie kein Besteck benutzten, nein sie stopften das Essen förmlich in sich hinein und schlangen es gierig herunter.

Irgendwie beschlich mich ein Gefühl, dass meine Schwester als „Fremdschämen" bezeichnete.

Ja, irgendwie schämte ich mich für diese Frauen.

Dem älteren Herrn schien es dennoch zu gefallen und er wechselte ein paar Worte mit ihnen.

In einem etwas gebrochen Deutsch gaben sie Antwort, schenkten Sekt unter dem Tisch nach, schoben die halb vollen Teller zur Seite und holten reichlich vom Buffet nach.

Dann packten sie ihre neu gekauften Schuhe aus, stellten sie zwischen die Teller auf den Tisch und hatten ihre Freude daran.

Natasha schien wohl zeigen zu wollen, dass auch ihre alten Stiefel gut aussahen und legte dazu ihre Beine auf den Tisch, damit die anderen sie bewundern konnten.

Während dessen schweiften meine Gedanken ab:

„Wie gut, eignete sich doch ein gemeinsames Essen dazu, um sich näher kennenzulernen."

Ich konnte mich noch gut an das erste Essen mit einer meiner Ex-Freundinnen erinnern. Auch da war es mir ein wenig peinlich, als sie begann, die Speisekarte total umzustellen. Das Gericht von Seite 12 wollte sie aber lieber mit der Soße von Seite 15 haben. „Und was reichen sie normal dazu?" „Zu dem Essen von Seite 12 geben wir normalerweise Pommes, zu dem von Seite 15 Reis", war die Antwort der Kellnerin. „Ok, dann nehme ich Bratkartoffeln!"

„Oh Gott," schoss es mir durch den Kopf, „die kann aber auch gar nichts lassen, wie es ist." Total peinlich wurde es dann am Schluss, als sie auf die Frage: "Hat es ihnen geschmeckt?", antwortete, „Nein eigentlich nicht so recht, die Zusammenstellung war ein wenig daneben."

Das hätte ich damals als Zeichen nehmen sollen. Denn genauso, wie dem Teller, den sie bei unserem ersten gemeinsamen Essen zur Seite schob, erging es mir ein paar Monate

später. Auch ich hatte mich von ihr verbiegen lassen, hatte mich ihren Wünschen solange angepasst, bis sie fand, dass die Zusammenstellung ein wenig daneben war und auch mich zur Seite schob.
Wenn ich schlau gewesen wäre, hätte ich mich lieber nicht auf ein zweites oder gar drittes Essen mit ihr einlassen sollen.

Eine andere bevorzugte nur teure auserlesenen Lokale, in denen die Kellner mir den ohnehin schon schlecht gefüllten Teller unter der Nase wegzogen, bevor ich auch nur die Hälfte davon gegessen hatte. Die Finger triefen von der geschmolzenen Kräuterbutter, die aus den Schneckenhäusern heraus schwappte und der blöde Weißwein erzeugte Sodbrennen bei mir. Hungriger wie zuvor, verließ ich das Restaurant.
Hier war ich schlauer und beließ es gleich bei diesen einem Mal.
Ich wurde aus meinen Gedan-

ken gerissen, als ein Sektglas am Nebentisch umfiel und am Tellerrand zerschellte. Ohne sich für dieses Missgeschick beim Kellner zu entschuldigen, forderten die drei ihn auf, sofort ein neues zu bringen.

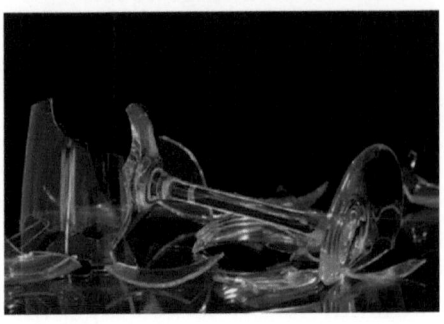

Spätestens jetzt hatte ich meinen Gedanken aufgegeben, Natasha zu einem Essen mit mir einladen zu wollen.
Ich war nicht mehr neugierig darauf zu wissen, wie alt sie wirklich war oder ob ich sie gut riechen konnte.
Ich wollte nicht mehr wissen, ob sie in einer Beziehung war, vielleicht Kinder hatte.
Ich wollte nicht mehr wissen, welches Sternzeichen sie war.
Ich wollte nicht mehr wissen,

was sie in ihrer Freizeit tat.
Ich wollte nicht mehr wissen,
ob sie mich näher kennenlernen wollte. Ich wollte nicht
mehr wissen, wie sie überhaupt zu Beziehungen stand.
Ich hatte bei meinem Essen
mit ihr, wenngleich es an diesem Tag nur über drei Tische
hinweg stattfand, genug gesehen und gehört. So toll sie
auch aussah, ich würde auf
keinen Fall mit ihr zum Essen
gehen wollen.
Ich wollte kein Sich-Kennenler-
nen-Gespräch in gemütlicher
Atmosphäre mehr. Ich wollte
keine eventuell auftreten Missverständnisse im Vorfeld einer
Beziehung oder Freundschaft
mit ihr aus dem Wege räume,
denn für mich gab es keinen
gemeinsamen Weg mit ihr.
So einfach war das. Ich hatte
nicht einmal mehr Lust meinen
Nachtisch zu essen, geschweige
denn, sie, sozusagen als Nachtisch zu vernaschen.
Ich dankte dem Zufall, dass
er mir ein Essen mit Natasha
ermöglicht hatte.
Und das Tollste daran war,

ich musste nicht einmal dafür bezahlen. Ob die drei dann später selbst bezahlt hatten, weiß ich nicht, denn da war ich schon auf dem Heimweg.

Und in meinen Gedanken, verliefen die Buchstaben von

„Nun, schade!"

zu

„Nicht schade!"

Unbeschwertes Leben

Das Leben ist so unbeschwert
in dem Wissen, dass es immer
einen gibt, der besser ist als du
selbst!

Das Leben ist aber noch viel
unbeschwerter in dem Wissen,
dass es nicht sehr viele davon
gibt!

Ein neuer Tag

So fließt die Zeit dahin!

Und ich freue mich jeden Morgen, an dem ich aufwachen
darf.
Und ich freue mich auf jeden
neuen Tag, den ich nicht
fürchte.
Denn wenn dem so wäre, blieb
kein Platz mehr für irgendeine
Freude!

Freundschaft

„Hallo, mein Freund! Was machst du morgen früh um fünf?"

„Aufstehen, weil ich neugierig bin, was du da machst!"

„Ich muss um halb sechs im Zug nach Italien sitzen. Kannst du mich vielleicht kurz nach dem Aufstehen fahren?"

„Von Kempten aus?"

„Ja, Kempten."

„Naja, wenn ich dann eh schon wach bin!"

„… du bist großartig! Ich werde dich in mein Abendgebet einschließen."

„Wann soll ich bei dir sein?"

„Um fünf."

„Zwanzig vor fünf, mein Auto hat nicht so viele PS, könnte knapp werden."

„Prima, wollte dich nicht überfordern!"

„… hast du noch nie, mein Freund!"

Traurig

Warum machst du mich nur so traurig,
mein Freund?
Man sagt, dass ich ein treuer Mensch sei.
Man sagt, dass ich Freundschaften über
Jahre, ja Jahrzehnte hinweg pflege.
Man sagt, dass man mich kenne, nach all
den Jahren.
Man sagt, dass ich ein offener Mensch
bin, der fast alles mit seinen Freunden
bespricht.
Man sagt, dass ich ein offenes Buch bin,
in dem jeder lesen kann.
Man sagt, dass man weiß wie ich fühle.
Man sagt, man wisse, mit welchen Men-
schen ich mich gerne umgebe.
Man sagt, dass man mir helfen wird,
wenn es mir nicht gut geht.
Man sagt, dass man für mich sorgen
wird, wenn es nötig ist.
Man sagt, dass man meine Gewohnheiten
kennt.
Man sagt, dass man weiß, welche Musik
ich liebe.
Man sagt, dass man mein Freund ist.
Man sagt, dass man es gut mit mir meint.
Man sagt, dass man sich in meiner
Gesellschaft wohlfühlt.
Man sagt, dass ich so Vieles gebe, ohne
zu nehmen.
Man sagt so vieles …

Man sagt, dass ich nach dieser langen
Zeit mal wieder eine Partnerin brauche,
denn das Alleinsein tut mir nicht gut.
Man sagt das, weil es stimmt und weil ich
es schon hundert Mal selbst erzählt habe,
dass das sogenannte Single-Leben nicht
das Meine ist.
Man sagt, dass man mir helfen wird eine
neue Partnerin zu finden.
Man sagt, dass man mich verkuppeln
wird.
Man sagt das, weil man mir offensichtlich
nicht zutraut, dass ich das alleine kann.
Man sagt das, obwohl man wissen müsste, dass ich an so etwas wie Liebe auf
den ersten Blick glaube.
Man sagt das, obwohl man wissen müsste, dass ich mich nicht verkuppeln lasse.
Man sagt das, obwohl man wissen müsste, dass ich in meinem ganzen Leben die
Verantwortung für das was ich tue, stets
alleine und selbst übernommen habe.

Man ruft mich an, weil man gerade mit
drei äußerst hübschen Frauen an einem
Tisch sitzt und sicherlich eine davon
etwas für mich sein wird.
Man gibt keine Ruhe und lässt nicht lok-
ker, bis ich zusage und doch noch schnell
auf ein Bier vorbeikomme.

Man stellt mir die erste der angeblich so hübschen Frauen vor.

Aber man weiß doch nach all den Jahren, dass ich durchaus auf rassige, gut gekleidete Frauen stehe, und nicht auf solche, wie diese da. Die hat ja noch ihren uralten Trainingsanzug von Adidas an, mit dem sie glaubt zu punkten, weil es eine „Marke" ist. Dazu dieses blöde Kopftuch, dass sie wohl nach ihrem letzten Wohnungsputz vergessen hatte abzunehmen?

Man stellt mir die zweite der angeblich so hübschen Frauen vor.

Nun gut, sie kann natürlich nichts dafür, dass sie gerade an Krücken geht.

Sie hatte einen Sturz hinter sich, das kann natürlich jedem einmal im Suff passieren. Aber offensichtlich hat sie nichts daraus gelernt. Beim ersten Gang zur Toilette, fliegt sie beinahe über ihre verdrehten Krücken, weil sie wahrscheinlich schon wieder 2 Promille intus hat?

Aber man weiß doch nach all den Jahren, dass ich durchaus auch mal gerne ein Schälchen eines guten Bieres trinke.

Aber man weiß auch, dass es immer nur so viel ist, dass ich nicht Gefahr laufe, über irgendetwas zu stolpern um mir dabei irgendetwas zu brechen.

Ja, das weiß man wohl, denn oft genug war man doch mit mir auf ein Bier.

Man stellt mir die dritte der angeblich so hübschen Frauen vor.
Und man weiß ja, dass ich Nichtraucher bin. Nein, kein überzeugter Nichtraucher, eher einer der dazu geboren wurde.
Und nein, es macht mir wirklich nichts aus, wenn meine Partnerin rauchen würde. Auch das könnte man ja wohl wissen, nach all den Jahren!
Aber wenn bei dieser Raucherin, die mir da gerade gegenübersitzt, die paar restlichen Zähne, die sie noch im Mund hat, ganz gelb, fast braun sind, dann ist der Wunsch ihr näherzukommen nicht wirklich ausgeprägt! Mal ganz abgesehen, von ihren tief dunkelbraunen Fingerspitzen!

Und dann verlässt man fast fluchtartig das Lokal der äußerst hübschen Frauen.

Und dann denkt man:
„Warum machst du mich nur so traurig, mein Freund? Warum, wenn du doch angeblich alles über mich weißt?"

Vampire

Ich sitze alleine in diesem kleinen Café an der Straßenecke
und genieße den letzten sonni-
gen Tag, den uns der Wetterbe-
richt angekündigt hatte.
Natürlich lausche ich nicht den
Gesprächen, die rund um meinen Tisch stattfinden.
Natürlich nicht, ich bin ja
nicht neugierig und ich gebe
natürlich auch nichts auf das
Geschwätz anderer Menschen
um mich herum.
Doch gerade eben schnappe
ich die Worte einer Frau auf,
die an einem Tisch schräg
hinter mir sitzt, ganz zufällig
natürlich!
Ich nehme ihren Gesprächsfet-
zen auf und ... versuche weiter
ihren Ausführungen zu folgen
... ich bin ja nicht neugierig!
Aber irgendwie spricht sie
mit ihrer Freundin über eine
Sache, die mich schon seit län-
gerer Zeit beschäftigt.
„Diese Drecksvampire, mit
denen sollte ich mich erst gar
nicht einlassen. Denn es ist
oft so, dass ich sie dann nicht

mehr los werde, diese Blutsau-
ger, die nur darauf aus sind,
sich an meinen positiven Ener-
gien zu bereichern!"

63403484-halloween-vampir-frau-porträt-sexy-vampire-
mädchen-mit-blut-auf-ihrem-mund-tropft
Urheber subbotina

Ich selbst habe den Begriff
Vampire in diesem Zusam-
menhang noch nicht gehört.
Natürlich, nun wo sie es sagt,
finde ich diesen Ausdruck doch
ziemlich passend.
Auch ich werde ständig von
Menschen umschwärmt, die
nicht bereit sind etwas von
ihrem Selbst abzugeben.
Sie beuten mich aus, indem sie

sich von mir unterhalten lassen, meine Kraft in Anspruch nehmen und mir meine Zeit stehlen.
Niemals selbst einen Betrag zu einem Thema oder einer Sache leistend, aber immer die ersten, die sich das Maul über andere zerreißen.
Oft und öfter befällt mich dieses quälende Gefühl, dass es verlorene Zeit ist, sich mit ihnen abzugeben.
Aber sie finden mich, spüren mich auf, wo immer ich gerade bin.
Manchmal habe ich so eine Ahnung, als ob sie mich regelrecht verfolgen.
Sie senden ihre Radarwellen aus, spreizen ihre Fledermausflügel und schweben direkt dorthin, wo ich mich verstecke um ihnen nicht mehr zu begegnen.

Verlorene Zeit!

Doch wie wehre ich mich gegen sie, ohne ständig nach Knoblauch stinken zu müssen?
Die Frauen am Nachbartisch zahlen, stehen auf und verlas-

sen das Lokal, in dem ihnen
niemand zuhört.
Und am Ende, ist die eine, die,
die von den Vampiren gespro-
chen hat, keinen Schritt weiter.
Denn die, die ihr gegenüberge-
sessen ist, hatte keine Meinung
zu diesem Thema.
Sie leistete keinen Betrag oder
hatte auch nur einen Satz dazu
gesagt.

Verlorene Zeit?

Verlorene Zeit für die, die der
anderen erzählt hatte, was sie
so bewegt oder gar bedrückt?
Oder aber ein vergeblicher Versuch, der anderen zu sagen,
dass auch sie solch ein Vampire ist?
Der vergebliche Versuch der
selbsternannten Freundin
beizubringen, dass man nicht
mehr seine kostbare Zeit mit
ihr verbringen möchte?
Nein, ich glaube nicht, dass
sie einen ihrer Vampire heute
Nachmittag losgeworden ist,
nicht an diesem letzten sonni-
gen Tag, den uns der Wetterbe-
richt angekündigt hatte.

Einsam?

Die Kinder sind aus dem Haus, die Ehen schon lange geschieden.
Ich führe eines dieser modernen, sogenannten Single-Leben.

Nun gut, noch habe ich meine tägliche Arbeit, den geregelten Tagesablauf. Und gut, ich habe so viele Freunde und Bekannte, wie es, so glaube ich, nicht jeder hat. Wenn ich wollte, könnte ich an jedem Abend in der Woche mit einem anderen davon unterwegs sein.
Und gut ich habe diese Freizeitunternehmungen, wie Walken, Wandern oder Radfahren. Skilanglauf, im Winter vielleicht? Und gut, ich kann mich alleine beschäftigen: Gitarrenkurs oder Bücher schreiben.

Nun schlecht, zur Zeit bin ich für drei Tage krankgeschrieben. Ja und es geht mir wirklich nicht besonders gut, deswegen bin ich zuhause geblieben.
Und schlecht, bereits nach dem ersten Tage weiß ich nichts mehr mit mir anzufangen. Die Gliederschmerzen lassen ein Gitarrenspiel nicht zu. Die Kopfschmerzen lassen mich nicht einmal daran denken, an einem Buch weiterzuschreiben. Die Schwäche meines Körpers reicht nicht aus zum Wandern oder Radfahren. Sie würde auch nicht ausreichen zum Skifahren im Winter.

Bereits am zweiten Tage unterlasse ich es mich am Morgen zu rasieren. Es kommt ja eh niemand zu Besuch, denn Besuche scheinen in unserer heutigen Welt ausgestorben zu sein. Weil wir alle keine Zeit mehr haben. Ich müsste bei dem einen oder anderen meiner vielen Freunde um eine „Audienz" bitten, wissend, dass es dauern könnte.

Wieso also sollte ich nicht den Rest des Tages im Schlafanzug verbringen?

Und irgendetwas wird der Kühlschrank schon hergeben, sodass ich nicht verhungern werde, man kauft ja auf Vorrat ein! Nach dem spärlichen Frühstück finde ich mich auf dem Sofa wieder.

Doch halt, da gäbe es aber noch etwas zu tun. Wäschewaschen bzw. mal eben kurz eine Maschine laufen lassen...

Normalerweise schaue ich kaum Fernsehen, da ich einen Beruf habe, bei dem ich den ganzen Tag auf einen Monitor starre. Aber nun, wo sich eh nichts anderes ergibt, finde ich mich auf dem Sofa wieder. Ich zippe mal durch.

Und irgendwie schaue ich dann doch eine dieser Serien an, von denen ich im richtigen Leben nicht einmal weiß, dass es sie gibt. Ich hänge auf meinem Sofa ab und schaue stundenlang fern. Irgendwann erkenne ich, dass das was da läuft eigentlich nicht dem entspricht, was ich sehen will.

Zum Glück meldet die Waschmaschine, dass das Programm fertig ist. Ich schalte den Fernseher aus, um die Wäsche aufzuhängen.

Ich finde noch irgendwelche Essensreste in der Küche, die ich verzehre.

Ich finde Fernsehen „Sch..." und denke, dass ich mal ins Internet gehen könnte. Vielleicht gibt es ja dort etwas Erfreuliches?

Ich checke meine E-Mails und lösche zunächst einmal eine viertel Stunde lang den ganzen Müll, den ich zugeschickt bekomme. Ich werde von jungen, viel zu jungen Frauen aufgefordert sie anzurufen. Sie sind angeblich letzte Woche mit mir beim Eis-Essen gewesen. Ich kann mich gut daran erinnern. Ich erinnere mich gut daran, dass meine Demenz

noch nicht so weit fortgeschritten ist,
dass ich mich nicht mehr daran erinnern
könnte, mit einer jungen, viel zu jungen
Frau beim Eis-Essen gewesen zu sein.
Eine andere hat irgendwo mein tolles Profil entdeckt. Wahrscheinlich hat sie mich
nur von hinten gesehen? Denn wenn
sie mein wirkliches Profil gesehen hätte,
würde sie nicht anfragen, ob ich mit ihr
zum Schwimmen gehen möchte. So folgen all diese Anfragen der jungen Frauen,
dem anderen Müll - in den Papierkorb!

Danach finde ich mich wieder auf
dem Sofa, unrasiert. Entgegen meiner
Gewohnheit, gehe ich heute schon um
20:00 Uhr ins Bett, denn seit dem Morgen trage ich ja noch den Schlafanzug.
Ich laufe eben schnell im Badezimmer
am Spiegel vorbei und ein nicht gerade
attraktiv aussehender Kerl fragt mich:
„Wird so dein Leben, werden so deine
Abende aussehen, wenn du deinen Job
nicht mehr hast? Wirst du einsam sein?"

Fremde Lorbeeren

Vor knapp zwei Wochen traf ich den 17-jährigen Sohn eines Freundes in meiner Lieblingskneipe. Er war offensichtlich schon länger unterwegs, denn er brauchte die gesamte Türbreite, um ins Lokal zu gelangen. Wohl erfreut darüber, dass er ein bekanntes Gesicht erblickte, steuerte er sofort auf meinen Tisch zu. Ich lud ihn auf ein Bier und dazu ein, sich zu mir hinzusetzen. Bastian spielte Handball in der A-Jugendmannschaft unserer Stadt. Er kam von der Siegesfeier seiner Mannschaft, denn die hatte an diesem Samstag ein Ligaspiel hoch gewonnen.

Doch schon bald erkannte ich, dass da nicht nur Freude in seiner Unterhaltung mitschwang. Und tatsächlich erzählte er mir nach einem weiteren Bier, dass er ein wenig darunter litt, dass seine Eltern noch nicht den Weg in die Sporthalle gefunden hatten, um ihm beim Spiel zuzusehen. Er fand es grundsätzlich traurig, dass sie sich so wenig für seinen Sport und damit für seine Interessen interessierten. Und er fand es doppelt traurig, dass sie es gerade jetzt nicht taten. Denn seine Mannschaft spielte gut in diesem Jahr. So gut, dass sie die besten Aussichten hatten, Meister zu werden. Er hätte die Freude darüber gerne mit seinen Eltern geteilt.

Er fand es auch darum traurig, weil sein Vater in dessen Jugend wohl ebenso Handball gespielt hatte und sich deshalb in dieser Sportart auskennen sollte.

Ich fand mich in Bastians Gefühle wieder, weil es auch mir vor Jahren so wie ihm ergangen war.

Und so beschloss ich, mich einmal mit seinem Vater darüber zu unterhalten.

Und dann ergab es sich, dass ich

https://www.bing.com/images/search?view ... Handball

Auch ich hatte in meiner Jugend und dann später als ich zu einem gutaussehenden Mann gereift war, aktiv Sport betrieben. Auch meine Eltern schafften es damals nur ein einziges Mal in meiner fast sechzehnjährigen Fußballerkarriere auf den Sportplatz zu kommen. Ich entschuldigte es damit, dass sie überhaupt nicht Sport interessiert waren und deshalb auch nichts von meinem Sport verstanden.

Michael, Bastians Vater, kurz nach unserem Gespräch zufällig in der Stadt traf.

Ich berichtete, dass ich mit seinem Sohn auf ein Bier zusammengesessen war und er mir interessante Dinge erzählt hatte.

Ich merkte wohl, dass Michael aufhorchte und mehr darüber erfahren wollten.

Also setzten wir uns in meiner Lieblingskneipe zufällig an denselben Tisch, an dem ich mit Bastian gesessen hatte.

Michael war überrascht, über das was ich ihm zu berichten wusste.

Denn er, der Vater, war davon ausgegangen, dass es seinem Sohn eher peinlich wäre, wenn sein alter Herr auf der Tribüne saß.

Ja, ich glaube, dass es vielen Eltern genau so erging. In der Pubertät oft von den eigenen Kindern bekämpft.

Deren Aufstand als Befreiungsschlag deutend: Befreiung von der Vormundschaft der Eltern, Befreiung aus dem Familienverbund.

Und doch sich insgeheim wünschend in dem Schoß desselben Sicherheit und Anerkennung zu finden.

Michael bedankte sich für meine Ausführungen und gelobte Besserung! Er wollte sich zunächst einmal mit seinem Sohn über dieses Thema unterhalten, um dann, wenn es tatsächlich erwünscht wäre, den Weg in die Sporthalle finden.

Bereits zwei Wochen später ergab sich die Gelegenheit dazu. Michael gab in unserer Gruppen-App bekannt, dass sein Junior am Samstag vor einem wichtigen Heimspiel stand. Der Sieger aus dieser Partie würde A-Jugendmeister werden. Wenn jemand aus Michaels Freundeskreis Lust hätte, so würde er sich freuen, wenn wir ihn begleiten wollten. Allein schon deshalb, weil das mehr darstellen würde, als dass er so ganz verloren da alleine auf der Tribüne stehen würde. Bastian freute sich sichtlich, als er un-

Es hatte sich wohl in der Stadt herumgesprochen, dass es am Samstagabend ein wichtiges Spiel für die jugendlichen Handballer gab. Die Tribüne war gut gefüllt und der kleine Fanclub gab bereits vor dem Spiel alles, um die Stimmung in der Halle anzuheizen. Wie erwartet, war der Gegner stark, sonst hätte er wohl nicht auch um die Meisterschaft mitgespielt. Zur Halbzeit gab es dann auch „nur" ein ständig hart umkämpftes Unentschieden von 14:14.

Als während der zweiten Halbzeit die Kondition so langsam zu schwinden schien, gab es zunächst ein paar

sere kleine vierer Abordnung auf der Tribüne entdeckte. Er winkte uns zuversichtlich zu. Und weil es bei mir auch schon so lange her war, dass ich selbst Handball spielte, schaute ich bei Google noch mal schnell nach, um ein paar Informationen zu erhaschen. Denn schließlich wollte ich mich nicht auf der Tribüne blamieren. Unsere beiden anderen Freunde hätten dies auch tun sollen. Denn sie fragten sich nach knapp achtzehn Minuten, warum schon Halbzeit sei? Von einer Auszeit schienen sie noch nichts gehört zu haben! Ich konnte aufklären! Aufklären konnte

kleiner Verletzungen auf beiden Seiten. Knackpunkt der Partie war wohl der unglückliche Zusammenstoß unseres Torwarts mit einem gegnerischen Stürmer. Dieser musste mit Nasenbeinbruch vom Platz, was gar nicht gut aussah! Mir fiel es nun wieder ein, warum ich in meiner Jugend nach nur zweimonatigem Handballtraining zu den Fußballern wechselte. Beim Handball bekam man die Schläge einfach nur ins Gesicht. Mag sein, dass die Verletzung ihres Mannschaftskameraden den Gegner etwas aus dem Tritt brachte. Oder aber, dass sie die Kondi-

ich danach nicht, ob Bastians Vater seine Gefühle richtig gedeutet hatte. Nun gut, er freute sich natürlich über den sportlichen Erfolg seines Sohnes. Nicht zuletzt, weil dieser mit drei Toren zum Sieg beigetragen hatte. Aber...? Ist es wirklich angemessen, wenn der Vater, der heute das erste Mal in der Sporthalle war, sein Handy zückt und in all seinen WhatsApp-Gruppen schreibt:

WIR sind Meister geworden! ?

tion nun ziemlich verließ.
Unsere Mannschaft blieb jetzt am Drükker und erzielte in der Folge fast doppelt so viele Tore wie der Gegner. Gegen Schluss der Partie waren auch sie konditionell am Ende, was sich durch mehrere Fouls zeigte. Obwohl sie deshalb noch zwei Zweiminuten-Zeitstrafen bekamen, retteten sie das Ergebnis von 28:22 über die Zeit. Und hatten es damit geschafft! **SIE** waren Meister geworden!

www.google.de/search?   ... des Siegers Lorbeeren

Feuerwasser

Aus der Bierkonsum-Statistik
von 2018 geht hervor, dass der
jährliche Pro-Kopf-Verbrauch
hierzulande bei 102 Liter Bier
im Jahr steht.
Andere Alkoholika, die zusätz-
lich getrunken werden, sind
in dieser Statistik noch nicht
berücksichtigt.
Außerdem geht daraus hervor,
dass 96,4% der Bevölkerung
Alkohol trinkt.

Tagtäglich werden wir durch
Krankenkassen oder sonsti-
gen Gesundheitseinrichtungen
ermahnt, nicht so viel oder keinen Alkohol zu konsumieren.

Doch so sehr diese sich dabei
auch bemühen, wirken ihnen
andere Kräfte entgegen.
Nämlich krankhafte Kräfte von
Machtgeilheit und Kontroll-
sucht.

Denn wie geht es am besten
ein Volk oder sogar die gesamte
Menschheit unter Kontrolle zu
halten?

Das ist ganz einfach!

Man versucht sie dumm zu halten, z.B. durch gezielte Verarschung oder in diktatorischen Ländern durch Schul- und Lernverbote.
In demokratischen Ländern auf der einen Seite durch akademische Titel, die einem suggerieren sollen, dass man zur gehobenen Klasse gehört.
Oder aber auch durch die Ablenkung mit Alkohol. Damit man nicht darüber nachdenkt, wie sehr man verarscht wird!
Gegen diese Art der Unterdrückung sind übrigens auch viele Mitglieder der gehobenen Gesellschaft nicht sicher!

Die Geschichte gibt übrigens viele Beispiele für diese These.

www.google.de/search?

Ein unmöglicher Mensch

Bis Weihnachten waren es nur
noch sieben Wochen.
Ich hatte gerade mein viertes
Buch „furchtbar - sensationell"
fertiggestellt.

Die Frau meines Chefs, die
seit meinem zweiten Buch zu
meiner Fangemeinde gehörte,
schlug vor, dass ich ein Exem-
plar davon in unserer Kan-
tine zum Probelesen auslegen
sollte.
Möglicherweise würde sich
der eine oder andere unserer
Mitarbeiter dafür interessie-
ren und es als Weihnachtsge-
schenk in Betracht ziehen.
Keine schlechte Idee, wie ich

fand. Also legte ich an einem Mittwoch ein Buch aus und hängte einen Zettel darüber, dass man gerne darin Probelesen durfte. Als ich es am Freitag wieder mitnehmen wollte, um es auf einer Party meinen Gästen zu zeigen, war es nicht mehr aufzufinden.

Das war ärgerlich, denn ich wollte kein weiteres Buch aus seiner Verpackung lösen, damit es bei einem späteren Verkauf nicht schon gebraucht aussah.

Das musste ich aber gezwungenermaßen an diesem Abend tun, weil meine Gäste natürlich darin blättern wollten.

Eigentlich hatte ich nicht damit gerechnet, dass jemand auf die Idee kommen könnte, mir das Buch zu stehlen, weil ich großes Vertrauen in meine Mitarbeiter hatte. Als ich am Montag zur Arbeit kam, lag das Buch wieder an seinem Platz. Irgendein unmöglicher Mensch hatte es übers Wochenende mit nach Hause genommen, um es komplett durchzulesen.

Noch ein unmöglicher Mensch

Bis Weihnachten waren es nur noch sieben Wochen, was aber gar nicht im Zusammenhang mit dieser Geschichte stand.
Ich hatte gerade mein viertes Buch „furchtbar - sensationell" fertiggestellt. Um ein paar Mitgliedern meiner Familie eine kleine Freude zu machen, verschickte ich an einem Mittwoch drei Bücher davon. Denn schließlich waren sie so sehr begehrt, dass ein Mitarbeiter von mir den Drang verspürte eines davon, unerlaubter Weise übers Wochenende mit nach Hause zunehmen.
Am Freitagnachmittag rief meine Schwester bei mir an, um mitzuteilen, dass sowohl sie, als auch unsere Mutter jeweils ein Buch erhalten hatten. Während dieses Telefonats kam zufällig ihre Tochter zu Besuch. Sie hatte noch kein Buch bekommen. Das konnten wir uns nicht erklären, wohnte meine Nichte doch nur zwei Häuser von meiner Mutter entfernt in derselben Straße.

Wieso hatte sie es nicht bekommen? Sie hatte es nicht bekommen, weil sie

in dieser Woche noch nicht in ihren Briefkasten geschaut hatte.

https://www.bing.com/ images

Einbildung

Man kann sich vieles einbilden.
Ich bilde mir seit einiger Zeit ein, dass
wenn ich Mineralwasser aus einer
Kunststoff-Flasche trinke, ich dadurch
Atemprobleme bekomme. Ich bin dazu
übergegangen, Mineralwasser wieder in
Glasflaschen zu kaufen.

KUNSTSTOFF KUN KUNSTSTOFF KUN
STSTOFF KUNSTS STSTOFF KUNSTS
TOFF K   TOFF K
UNSTST   UNSTST
OFF KU   OFF KU

"Erst wenn
der letzte Baum gerodet
der letzte Fluss vergiftet
der letzte Fisch gefangen
werdet Ihr feststellen
daß man Geld
nicht essen kann!"

Weissagung der Cree

NSTSTO   NSTSTO
FF KUN   FF KUN
STSTOF   STSTOF
F KUNS   F KUNS
TSTOFF   TSTOFF
KUNSTS   KUNSTS
TOFF K   TOFF K
UNSTST   UNSTST
OFF KUNSTSTOFF OFF KUNSTSTOFF
KUNSTSTOFF KUN KUNSTSTOFF KUN

www.google.de/search?

Ich bilde mir ein, dass es den Fischen in
unseren Weltmeeren ähnlich ergeht wie
mir. Nur sie haben nicht die Möglichkeit
Meerwasser in Glasflaschen zu füllen.
Ich bilde mir ein, dass wir den letzten
Fisch nicht fangen werden, weil der mit
dem Bauch nach oben schwimmt!

Pfennigfuchserin

Ich weiß, es gibt
Menschen, die sich
unheimlich über
alte Menschen auf-
regen, die ihr Klein-
geld an der Kasse
eines Supermarktes
auf das Förderband
zählen.

https://www.bing.com/images

Ich gehöre nicht
dazu.
Nein, ganz im Ge-
genteil!
Ich ermutige sie
eher dazu, sich Zeit
zu lassen. Denn
was sind schon
ein paar Pfennige
(heute Cent) im Ver-
gleich zur Ewigkeit?

Und so ist es noch
nicht allzu lange
her, dass ich eine
solche alte Dame
vor mir an der
Kasse hatte.
Auch sie zählte ihre
letzten Pfennige
(oh ist doch schon
etwas länger her …
wann gab es noch-
mals Pfennige?)
auf das Förder-
band.
Und immer wieder
unterbrach sie ihr
Zählen, um zu mir
hochzusehen.
Es schien ihr pein-
lich zu sein, dass
sie so lange zum
Bezahlen brauchte.
Das bemerkte ich
wohl und sprach
sie mit den Worten
an: „Lassen Sie sich
nur Zeit, denn auch
ich werde eines

Tages dahin kommen, wo Sie jetzt schon sind!"

Zunächst schien sie sichtlich erleichtert darüber zu sein, dass sie einen geduldigen Menschen hinter sich hatte.
Und so zählte sie ihre Pfennige weiter auf das Förderband.
Plötzlich drehte sie sich ein weiteres Mal zu mir um, um mir die alles entscheidende Frage zu stellen:
„Meinen Sie wirklich, junger Mann?"

Und ja, ich meinte es wirklich so.
Ich habe zwei Omas, die 99 Jahre alt wurden.
Und ja, ich würde sie gerne noch toppen.
Und ja, ich würde noch sehr lange und sehr gerne meinen letzten Pfennig auf dieses Förderband legen, nur um zu sehen, dass alles noch im Fluss, in Bewegung ist!

Und ja, ich hätte die nötige Geduld, darauf zu warten!

Supermarktkasse

Eine Schlange, zwei ewig lange
Schlangen vor den Kassen im
Supermarkt!
Dann die Aufforderung:
„Sie dürfen auch zu mir an die
Kasse 4 kommen!"

Dann meine Antwort:
"Nein, ich möchte lieber bei der
hübschen Blondine an Kasse 2
bleiben!"

https://www.bing.com/images

Ja, das würde ich gerne!

46

Noch ne Blondine

Es war die Zeit nach meiner zweiten Scheidung. Meine Tochter lebte damals bei mir und hatte den Wunsch eine neue Frau für mich zu finden. Ja, so war sie wirklich! Sie wollte nicht, so wie es sich viele andere Kinder wünschten, dass ich wieder mit meiner Ex-Frau zusammenkam. Nein, sie suchte eine neue Frau für ihren Vater. Und so stand eines Tages in einem dieser Baumärkte eine rassige Blondine vor uns an der Kasse. Kurzentschlossen zupfte meine Tochter die Schönheit an ihrer Jacke und fragte: "Hast du einen Freund?" „Ach du, das weiß ich im Moment nicht wirklich, warum?" „Mein Papa hat gerade keine Frau!" „Nun, ich glaube, dass dein Vater selbst in der Lage ist, sich um eine neue Frau umzusehen. - Aber ich habe da einen vierzehnjährigen Sohn. der wäre vielleicht was für dich?!" Seitdem versuchte sie mich nicht mehr zu verkuppeln.

In der kleinen Metzgerei

„Eh, hör ma, kannst du nicht
auf deinen alten Vater auf-
passen?" Ich hatte es wirklich
nicht bemerkt, dass mein Vater
seinen Rollator ständig dieser
Frau vor uns, an der Wurst-
theke, in die Hacken schob.
So kamen wir ins Gespräch,
also die Frau vor uns und ich.
Irgendwann fragte die Verkäuferin: "Wer ist der Nächste?"
Und ihre Blicke auf uns drei
gerichtet: "Gehören sie zusammen?" Ich antwortete ihr wahr-
heitsgetreu: „Nein, noch nicht!"
Daraufhin gab es ein riesiges
Gelächter in dieser kleinen
Metzgerei im Stadtzentrum von
Gelsenkirchen.

Im Schalke Fan Shop

„Eh, hör ma Opa, kannst du
deinem Enkel nicht mal bei-
bringen, dass dieser Verräter
gar nicht mehr bei uns spielt?"

Mit dem Verräter war unser
Nationaltorhüter Manuel Neuer
gemeint. Einst „Auf Schalke"
groß geworden und später zu
den Bayern gewechselt!
Und dann kam da so ein kleiner Kerl daher und wollte ein
Schalke Trikot mit der Nr. 1
drauf... und eben mit Manuel
Neuer! Derweil ich mich mit
den anderen Schalker Fans
auseinandersetzen musste,
bearbeiteten die drei hübsche-
sten Verkäuferinnen meinen
Enkel. Sie einigten sich mit
ihm darauf, dass er das Nr.
1 Trikot mit seinem Namen
„Sammy" bekam. Das über-
zeugte ihn aber nur kurz und
hielt den Verräter nicht davon
ab, Bayern Fan zu werden.

Landung

Es muss wohl so im Jahr 1972 gewesen
sein. Ehrlich gesagt, kann ich mich nicht
mehr genau daran erinnern.
Ich war damals Mitglied des Leutkircher
Fanfarenzugs. Wir waren mit dem Bus
auf der Heimfahrt von einem Auftritt.
Wir, das waren fast vierzig Leute, die
zusammen Musik machten und unsere
Freude daran hatte.
Wir fuhren auf dieser Straße, die parallel
zur Landebahn des kleinen Flugplatzes in
Leutkirch-Unterzeil verlief.

https://www.google.de/search?

Auf dieser Fahrt sind wir damals einer
Katastrophe entgangen. Der Pilot eines
Kleinflugzeugs hatte sich wohl beim Lan-
deanflug in der Höhe verschätzt.
Es mussten nur Zentimeter gewesen sein,
die sein Fahrwerk und das Dach unseres
Busses trennten als er direkt über uns
zur Landung ansetzte.
Wir waren noch einmal mit dem Schrek-
ken davongekommen und natürlich sehr,
sehr froh, dass **er** uns nicht erwischte!

Auf dem Rollfeld

Seit der eben beschriebenen Landung
waren einige Wochen vergangen, als ich
nochmals sehr, sehr froh war, dass in
diesem Fall, **sie** mich nicht erwischte.

https://www.bing.com/images

Der Ort des Geschehens war dieses Mal
direkt der kleine Flugplatz in Leutkirch-
Unterzeil, besser gesagt, die gemütliche
Vesperstube, Propeller-Stüble genannt.
Meine Freunde und ich trafen uns hier
ab und zu. An diesem Abend arbeitete
eine neue Bedienung dort, die umgangs-
sprachlich gesagt, ziemlich scharf auf
kleine Jungen war. An mir schien sie so
richtig Gefallen gefunden zu haben und
machte daraus auch keinen Hehl.
Weil ich damals aber noch keinerlei Er-
fahrungen in dem hatte, was sie von mir
wollte, flüchtete ich vor lauter Angst kur-
zerhand über das Rollfeld. Ich hörte sie
noch rufen: "Bleib hier du Feigling!"
Doch da war ich schon durchgestartet!

51

An der Brot Theke

Ich war der einzige Kunde, der an der Brot Theke stand. Gerade als ich meine Bestellung aufgeben wollte, schießt ein älteres Ehepaar von hinten daher. Sofort ruft der Mann der Verkäuferin zu: „Ich nehme zwei Laugenhörnchen und drei Wecken!"
In dem Moment war ich so geschockt, dass ich mich mit den folgenden Worten an die Verkäuferin wandte: „Sie glauben gar nicht, wie sehr mich das hier wieder zurückwirft. Das kostet mich bestimmt fünf weitere Sitzungen bei meinem Psychiater! Ich bin 1,78 Meter groß und fast 100 Kilo schwer -

und die Menschen sehen mich nicht! Was denken Sie, was das mit meinem Selbstbewusstsein macht?"
Ich sah, wie sie unsicher und verlegen wurde. Sie konnte nicht einschätzen, wie ernst es mir mit meinen Äußerungen war.

https://www.google.de/search?

Die ältere Dame aber verstand sofort was ich mit dieser Aktion bezweckte. Sie zog ihren Gatten mit den Worten zurück:
„Der junge Mann war vor uns da!"

Das Verhör

Was haben Sie am 04. Juli 1954 ge-
macht? Da passierte das Wunder von
Bern. Deutschland wurde in der Schweiz
Fußball Weltmeister!
An diesem Sonntag habe ich noch nichts
gemacht.
Das kann nicht sein: Sie sind doch am
03. Juli geboren.
Ja, an einem Sonntag, aber erst 1955.
Oh, unser Fehler, Verzeihung!

Was haben Sie am 22. November 1963
gemacht? Da wurde der 35. Präsident der
Vereinigten Staaten von Amerika, John
F. Kennedy in Dallas von zwei Gewehr-
schüssen tödlich getroffen.
Ich denke, dass ich an diesem Freitag-
morgen in der zweiten Klasse der Grund-
schule gesessen bin und gelernt habe.
Gelernt für mein späteres Leben.
Und in Dallas, da waren Sie dann wohl
auch nicht? Nicht als ein achtjähriger
Scharfschütze?
Nein, da war ich noch nie. Und ich habe
da auch noch kein Gewehr in der Hand
gehabt. Eigentlich niemals so richtig in
meinem ganzen Leben.
Oh, das glauben wir ihnen jetzt einfach
mal! Ach ja, Sie sind bei uns als Kriegsdienstverweigerer geführt.

Was haben Sie am 11. September 1973 gemacht?

Das weiß ich noch ganz genau: Das war ein Dienstag, da hatte ich das zweite Mal Berufsschule. Ich hatte knapp eine Woche zuvor mit meiner Ausbildung zum Technischen Zeichner begonnen, also angefangen zu arbeiten!

Sind Sie sicher? Haben Sie da nichts anderes gemacht?

Ja, ich bin sicher. Und nein, ich habe nichts anderes gemacht!

Am 11. September 1973 putschte das Militär in Chile. Der drei Jahre zuvor demokratisch gewählte Präsident Salvador Allende kam dabei ums Leben. - Sie erinnern sich?

Nein, nicht wirklich!

Und Sie waren damals nicht in Chile?

Nein!

Was haben Sie am 19. Dezember 1975 gemacht?

An diesem Freitag habe ich meinen bestandenen Berufsabschluss gefeiert.

An diesem Tag wurde die Attentäterin Lynette Fromme in Sacramento zu einer lebenslangen Haftstrafe verurteilt.

Wo waren Sie denn am Freitag, den 5. September 1975, knapp 17 Wochen vor diesem Urteil, als sie ihr Attentat auf den

US-Präsidenten Gerald Ford verübte?
*Wahrscheinlich habe ich da auf meine
Abschlussprüfung gelernt. Oder aber ich
war arbeiten!*

Was haben Sie am 16. August 1977
gemacht, als das Rock 'n' Roll-Idol Elvis
Presley in seinem Haus in Memphis /
Tennessee im Alter von 42 Jahren gestor-
ben ist?
*Nein, ich war 1977 nicht in Memphis.
Ich habe an diesem Dienstag die zweite
Woche meiner Zivildienstzeit abgearbeitet.*

Was haben Sie am 8. November 1980
gemacht?
*Da bin ich das erste und letzte Mal in
meinem Leben aus einem Job geschmissen
worden. Ich hatte damals lieber abends
als Discjockey im Lokal des Schwiegervaters meines Chefs gearbeitet, weil mir die
Arbeit im Konstruktionsbüro keinen Spaß
gemacht hatte.*
Und Sie waren an diesem Tag nicht in
New York, dort, wo man John Lennon
erschossen hatte?
*Nein, ich ging damals meinen beiden Jobs
nach. Ich arbeitete an diesem Samstagabend, wie gesagt als Discjockey im Lokal
des Schwiegervaters meines Chefs.*

Was haben Sie am 09. September 1982 gemacht?
Das weiß ich noch ganz genau, weil ich am Mittwoch, dem Tag davor, das erste Mal Vater geworden bin. Ich war arbeiten!
Wie, Sie waren nicht bei der Mutter ihres Kindes und ihrem Sohn?
Natürlich war ich bei den beiden.
Am Mittwoch, dem 08. September 1982 habe ich der Geburt meines Sohnes beigewohnt. Und dann am Donnerstag wieder gearbeitet!

Was haben Sie am 26. November 1983 gemacht?
Damals erbeuteten mehrere Täter, an einem Samstag, bei einem Raubüberfall auf ein Lagerhaus am Londoner Flughafen Heathrow 6.800 Goldbarren und Diamanten.
Ich hatte gerade mein Fernstudium zum Staatlich geprüften Techniker begonnen und habe an diesem Tag gelernt!
Und Sie haben nicht bei diesem bisher größten Raub in der britischen Kriminalgeschichte geschätzte 25 Millionen Pfund Sterling geraubt?
Nein, ich war nicht in London, weil ich gelernt bzw. gearbeitet habe!

Was haben Sie am 18. Oktober 1985
gemacht?
Das weiß ich noch ganz genau, weil ich
am Donnerstag, dem Tag davor, das
zweite Mal Vater geworden bin.
Ich war arbeiten!
Wie, Sie waren nicht bei der Mutter ihres
Kindes und ihrer Tochter?
Natürlich war ich bei den beiden.
Am Donnerstag, dem 17. Oktober 1985
habe ich der Geburt meiner Tochter beige-
wohnt. Und dann am Freitag wieder gear-
beitet!

Was haben Sie am 8. Oktober 1987
gemacht?
Nein, ich war nicht in Frankfurt am Main
auf der 39. Internationale Frankfurter
Buchmesse. Damals schrieb ich noch keine
Bücher.
Was haben Sie dann gemacht?
Ich hatte am Wochenende den Abschluss
meines Fernstudiums gefeiert und war an
diesem Montag bereits wieder beim Arbei-
ten.

Was haben Sie am ... 1990 gemacht?
Ich habe gearbeitet!

Was haben Sie am ... 1993 gemacht?
Ich habe gearbeitet!

Was haben Sie am 14. Mai 1996
gemacht?
*Das weiß ich noch ganz genau, weil ich
am Montag, dem Tag davor, das dritte Mal
Vater geworden bin. Ich war arbeiten!*
Wie, Sie waren nicht bei der Mutter ihres
Kindes und ihrer Tochter?
Natürlich war ich bei den beiden.
*Am Montag, dem 13. Mai 1996 habe ich
der Geburt meiner zweiten Tochter beige-
wohnt.*
Und dann am Dienstag wieder gearbeitet!

Was haben Sie am ... 2000 gemacht?
Ich habe gearbeitet!

Was haben Sie am ... 2005 gemacht?
Ich habe gearbeitet!

Was haben Sie am ... 2010 gemacht?
Ich habe gearbeitet!

Was haben Sie am ... 2015 gemacht?
Ich habe gearbeitet!

Was haben Sie am 28.11.2019 gemacht?
Ich habe gearbeitet!

Sie wollen uns doch nicht weismachen,
dass Sie all die Jahre, nein all die Jahr-
zehnte nur gearbeitet haben?
Das nehmen wir Ihnen nicht ab.
Es ist zu offensichtlich, dass Sie Ihre
Arbeit als Alibi für all das, was Sie in den
zurückliegenden Jahren nicht gemacht
haben, hernehmen.
Nein, nicht hernehmen, sondern sie als
Ausrede missbrauchen!

Wir werden Sie einem Richter vorführen!

02.12.2019 - 14:00 Uhr
Beschlossen und verkündet:
Schuldig in allen Punkten!
Urteil:
Lebenslängliche Hüft- und Kreuzschmer-
zen, Kniebeschwerden, Übergewicht,
Schwindel, Bluthochdruck und -zucker,
irgendwann grauer oder grüner Star.
Unter erschwerten Bedingungen:
Altersarmut, Rollator und Einsamkeit!
Vielleicht auch Alkoholprobleme?

... selber schuld (?)

02.12.2019 - 14:03 Uhr
... der nächste Trottel bitte!

Vollmond

Irgendwo, da ganz hinten, scheint ein Telefon zu klingeln. Ich denke es ist ein Teil meines Traumes und drehe mich noch einmal um.
Dabei merke ich, dass ich gar nicht träume, während das Telefon weiterklingelt.
Oh, Mann, wer will da mitten in der Nacht etwas von mir. Das Telefon klingelt permanent weiter. Da muss doch was passiert sein, vielleicht sollte ich wirklich mal ran gehen. Ich hebe den Kopf, öffne zögernd meine Augen.
Irgendwie scheint hier echt was nicht zu stimmen. Wieso ist es mitten in der Nacht schon so hell da draußen?
Der verschlafene Blick fällt auf die Uhr. > 11:47 Uhr! Mittag, oh verdammt und - Kopfschmerzen, starke Kopfschmerzen!
Ich versuche meinen Körper so langsam in die Senkrechte zu bringen, habe es bis zur Bettkante geschafft. Da setze ich mich erst mal hin, um Gleichgewicht zu finden.
In dem Augenblick, wo ich meinen Körper nach oben bringe, hört das Telefon zu klingeln auf.
Doch da ich schon mal stehe, wacklig zwar, suche ich das Handy. Warum klingelt es nicht mehr. Das würde es

mir erleichtern es zu finden. Aus Versehen schiebe ich mit dem Fuß mein Hemd, das auf dem Boden im Flur liegt vor mir her. Auf der Schwelle zum Wohnzimmer liegt meine Jeans.

Hatte ich gestern Abend meine ganze Wohnung gebraucht, um ins Bett zu finden? Bevor sich der Schleier lichtet beginnt das Telefon wieder zu klingeln. Ich gehe dem Klang nach und finde es unter dem Waschbecken im Badezimmer.

Fünf Anrufe meines Freundes, mit dem ich den Anfang meiner gestrigen Tour begonnen hatte. Er war um zehn Uhr abgehauen, weil er noch Auto fahren musste und deshalb nicht weiter mit mir um die Häuser ziehen konnte.

„Bist du OK? Und wirklich erst um halb drei nachhause gekommen?" Das musste wohl so gewesen sein, denn ich hatte ihm noch eine Nachricht geschickt.

Ich versicherte ihm, dass es mir den Umständen entsprechend gut ginge. Er rechnet mir mal eben vor, wie viele Biere ich getrunken haben musste. Mindestens sieben Bier ... und Kopfschmerzen. Mal wieder abgestürzt in einer Vollmond Nacht und den ganzen freien Samstag versaut...

Ferrari

Ich sehe diesen alten Mann auf
der gegenüberliegenden Stra-
ßenseite.
Sehr langsam, sehr, sehr langsam schiebt er seinen Rollator
vor sich her.
Die kleinen Schritte bringen
ihn nicht wirklich vorwärts.
Aber das scheint ihn nicht zu
stören.
Und ich sehe sein knallrotes
T-Shirt, das er trägt.
Und ich sehe den Schriftzug
darauf: Ferrari

www.google.de/search?

Und ich denke: „Humor hat er
ja, dieser alte Herr!"
Und ich bin davon überzeugt,
dass es der Humor ist, der ihn
und uns weiterbringt.
Oft viel weiter, als wir es uns
vorstellen können!
Und oft sehr viel schneller als
ein Ferrari!

Wilde Ehe

Es ist mir wirklich schon zwei
Mal passiert. Und nicht nur
mir. Ich hörte auch andere
davon erzählen.
Lange, sehr lange, etliche
Jahre hatte ich mit einer Frau
zusammengelebt. Habe mit ihr
Kinder gezeugt und war zufrie-
den.
Doch die Welt wollte es nicht,
dass ich so in wilder Ehe lebte.
Also tat die Welt alles dafür,
dass ich die Mutter meiner
Kinder geheiratet habe.
Lange, sehr lange, etliche
Jahre ging es dann nicht mehr,
dass ich mit dieser Frau weiter
zusammengelebt habe.
Es dauerte keine zwei Jahre,
da man sich scheiden ließ, sich
total verstritt und nie mehr
zusammenkam.

Und so geht unter Insidern die

Kunde, dass
man heiraten
sollte, wenn
man eine Frau
wieder loswer-
den möchte!

www.google.de/search?

Besinnliche Weihnachten

Auf der Beerdigung unseres Vaters, vor
ein paar Jahren, sagte sein Enkel, dass
er seinen Opa, solange der Enkel denken konnte, immer wieder sagen hörte,
dass er, der Opa die Ahnung hätte bald
sterben zu müssen. Der Enkel ist in
der Zwischenzeit über dreißig Jahre alt
geworden.
Zu meiner Schwester hatte unsere Oma,
mütterlicherseits, kurz vor ihrem Tod mit
99 Jahren einmal gesagt, dass auch sie
über all die Jahre hinweg gedacht hätte,
dass sie, die Oma, einmal sehr jung sterben müsste. Aber ihre Vorahnungen hatten sie wohl über sehr, sehr viele Jahre
hinweggetäuscht.

Möglicherweise befand auch ich mich in
diesen eigenartigen Vorahnungen, als ich
vor knapp zwei Wochen meinen Schreibtisch in der Firma aufräumte. In den elf
Jahren davor, beschränkte sich dieses
Aufräumen darauf, die größte Schublade
meines Schreibtisches aufzuziehen und
mit dem Ellenbogen einmal kurz über
den Tisch zu fahren, damit alles, was sich
darauf befand in sie hineinfiel.
In diesem Jahr war es anders.
Ich mistete sogar die fast zehn Jahre
alten Ordner aus und warf alles weg,

von dem ich mir sicher war, dass man
es nicht mehr gebrauchen würde. An der
Magnettafel neben meinem Schreibtisch
brachte ich einen großen Plan an, auf
dem zu sehen war, was in meinem Aufga-
benbereich nach den Weihnachtsferien zu
tun sein würde.

Es schien geradeso, als ob ich eine Über-
gabe dieser Arbeit an einen anderen Menschen vorbereitete. Ja, vielleicht befand
auch ich mich da, in dieser Stimmung,
wie sie einst mein Vater bzw. meine Oma
durchlebt hatten.

Das konnte gut sein, denn die letzten
Monate in meinem Leben liefen so unbedeutend an mir vorüber. Es fehlte an
den sogenannten Highlights, den kleinen
Abwechslungen, die das Leben bunter
und lebenswerter machten.

Dennoch:

Auf den bevorstehenden Weihnachtsur-
laub hatte ich mich so richtig gefreut.
Die letzten Wochen des Jahres waren
irgendwie zu anstrengend gewesen, sodass ich mir ruhige und besinnliche Tage
verordnet hatte.

Außerdem fand ich, dass ich während
dieser stressigen Zeit zu viel Alkohol
getrunken hatte und sich die freien Tage
besonders gut dazu eignen würden, auch

in dieser Richtung langsamer zu tun. Zudem hatte ich mich ein paar Tage zuvor mit einem Freund über meine Aussichten eine neue Lebenspartnerin zu finden unterhalten. Oft ging es in diesen Gesprächen darum, wie jung diese Frau denn eigentlich sein dürfte, damit sie zu mir passte. Wir fantasierten darüber, wie unsere Leben, das seine und das meine, überhaupt weiterverlaufen könnten.

Doch dann kam es wieder einmal ganz anders als geplant.

Am Spätnachmittag des 23. Dezembers fielen zwei mir durchaus bekannte Personen in meine Wohnung ein, wo ich gerade am Tisch saß um die letzten Weihnachtsgeschenke einzupacken.

Sie fielen ein und begannen meinen Weihnachtsbaum zu loben und ihn ordentlich mit Schnaps zu begießen.
Und weil er dermaßen schön gewesen sein musste, dauerte das Loblied volle sechs Stunden.

Volle sechs Stunden in denen die drei Schnapsflaschen immer leerer und die

Lobessänger immer voller wurden.

An dieser Stelle war es dann nicht mehr
zu erklären, warum ich, der über das
ganze Jahr hinweg keinen Schnaps trank,
in dem Wissen, dass er mir nur schadete,
warum ich mich dann hinreißen ließ, zu
einem Besäufnis, wie ich es schon sehr
viele Jahre nicht mehr gehabt hatte?

Doch es war geschehen!

Als nun die Lobeshymnen verklungen
und die Freunde verschwunden waren,
machte ich mich auf, um ins Bett zu
gehen.
Aber auf dem Weg dorthin, verlor ich
auf eine mir nicht verständliche Art und
Weise das Gleichgewicht. Ich flog im
hohen Bogen durch meinen kleinen Flur
und kam auf dem Rücken zu liegen.

 Es dauerte eine ganze
Weile bis mir bewusst war,
wie mir geschah.

Trotz wahnsinniger Schmerzen schaffte
ich es irgendwie ins Bett, wo ich ziemlich
benommen bis zum nächsten Morgen zu
liegen kam.

Der am Morgen des Heiligen Abend herbeigerufenen Notarzt attestierte mir eine
schwere Rückenprellung. Und für den
Fall, dass die Schmerzen nicht besser
würden, sollte ich den Hausarzt aufsuchen.
Die Folge dieses Sturzes war, dass ich
den Besuch meiner Kinder und Enkelkinder in großer Gefahr sah, die ich zu Heilig
Abend eingeladen hatte.
Der Einkauf der Zutaten für das Festessen war zum Glück bereits am Vortag
erfolgt. Doch hatte ich mit den Vorbereitungen noch nicht begonnen. Das Essen
war nicht gekocht und ich lag nun mit
dieser Prellung darnieder.
Irgendwie schaffte ich es unter großen
Schmerzen zu kochen, nicht zuletzt deshalb, weil es mir unmöglich war über
einen längeren Zeitraum liegen zu bleiben. Die Beschwerden schienen beim Stehen bzw. Gehen leichter zu ertragen.
Also konnte ich glücklicherweise meine
Familie dann doch noch empfangen.
Ich quälte mich durch den Tag und war
abends froh einfach nur ins Bett zu fallen.
Doch die Nacht blieb unruhig und reich
an Schmerzen. Am nächsten Morgen
konnte ich mich fast nicht mehr bewegen.
Ich schaffte es dennoch mich anzukleiden
und die Notaufnahme eines Krankenhau

ses anzufahren. Im Wartezimmer fanden sich weitere vier Personen ein, die entweder in derselben Nacht oder ein paar Stunden zuvor in ihrer Wohnung gestürzt waren. Darunter zwei weitaus ältere Menschen wie ich, die es ganz offensichtlich schlimmer als mich erwischt hatte. Kurz überlegte ich, ob ich tatsächlich schon zu dem Kreis dieser älteren Menschen gehörte, die in ihrer Wohnung einfach mal so zu Fall kamen. Am Ende mochte ich mich noch nicht dazu zählen, weil mir sehr schnell bewusst wurde, dass mein Sturz dem sinnlosen Genuss von Alkohol geschuldet war.

www.google.de/search?

Alle Untersuchungen auf innere Verletzungen blieben bei mir zum Glück negativ. Nach vier Stunden bestätigte sich die Diagnose des Notarztes auf schwerste Prellungen.

Mit ein wenig weniger Glück hätte es durchaus sein können, dass ich das bevorstehende Weihnachtsfest nicht mehr miterlebt hätte.

Denn ein paar Tage nach meinem Sturz berichtete eine Tante von mir, dass ihre Freundin, eine Zahnärztin, in ihrer Praxis auf irgendetwas ausgerutscht war und sich durch den Sturz einen Schädelbasisbruch zugezogen hatte und seitdem im Rollstuhl saß.

Nach diesem Telefonat begannen meine Gedanken zu kreisen, denn mir wurde bewusst, dass ich unheimlich großes Glück gehabt hatte.

In den folgenden Tagen fiel es mir sehr schwer im Bett zu liegen. Ich wusste nicht, auf welcher Seite ich liegen sollte, auch das Drehen kam mir fast unmöglich vor. Die meiste Zeit der Nacht saß ich auf der Bettkante ohne Plan wie es gehen sollte in den Schlaf zu kommen.

Verdammt noch mal, tat mir mein gesamter Oberkörper weh!

Es war geradeso, als ob mich eine riesige Hand gepackt und mit voller Wucht auf den Boden geknallt hätte!

Geradeso, als ob er mir unmissverständlich sagen wollte, dass er und ausschließlich nur er dafür verantwortlich war, wie mein Leben gerade jetzt verlief und weiterhin verlaufen sollte.

Und dass nur er den Zeitpunkt bestimmte, um mein Leben zu beenden! Und ich diesen verdammten Gedanken, die Vorahnung bald sterben zu müssen, weit, weit weg von mir schieben sollte, denn ganz offensichtlich konnte er mich da oben im Himmel (?) oder da unten in der Hölle (?) noch nicht gebrauchen.

Außerdem schien er mir sagen zu wollen, mir keine Gedanken darüber zu machen, ob ein Mensch zu mir passen würde oder nicht. Denn er hatte bereits einen für mich ausgeguckt und es würde in seiner Hand, in seiner großen, starken Hand liegen, wie lange ich mit diesem Menschen zusammenleben dürfte.

Wenn es ihm einfiele mich gleich morgen nochmal zu packen um mich einen Abgrund hinunter zu werfen, würden meine Gedanken über Altersunterschiede oder sonstige Bedenken in Bezug auf eine neue Beziehung ohnehin nicht von Belang sein!

Und es würden keine Gedanken, die mich hin und wieder von Dingen abhielten, die mir gefallen könnten und mir guttäten, von Belang sein!

Er musste wohl ziemlich sauer auf mich gewesen sein, um mich so feste auf den harten Boden zu werfen!

Wahrscheinlich auch, weil ihm bewusst war, dass ich manchmal recht beratungsresistent und uneinsichtig war.

In seinen Augen musste ich wohl vom vorgezeichneten Weg abgekommen und es für ihn von großer Wichtigkeit gewesen sein, mich auf den richtigen Weg zurück zu bringen?

Und er schien mir sagen zu wollen, dass er mich nicht auf diese Welt geschickt hätte, um Angst zu haben und um mir selbst im Wege zu stehen!

Gleichzeitig aber verstand ich seine widerliche Tat auch so, dass ich nicht gleichgültig oder hoffnungslos werden sollte.

Ich denke nicht, dass seine rücksichtlose Tat mich auffordern wollte, genauso rücksichtslos zu werden wie er.

Ich denke viel mehr, dass es an der Zeit ist, sich immer wieder für neue, gute Dinge zu öffnen. Und nicht dafür die Gedanken an Zerfall oder an Vergänglichkeit zu verschwenden.

Denn jeder Mensch, in welcher Lage und Verfassung er auch sein mag, kann wertvoll für einen anderen Menschen sein.

Auch dann, wenn man denkt, irgendwie nicht mehr gebraucht zu werden.

Wenn ich ehrlich sein sollte, so müsste ich eigentlich dankbar dafür sein, dass er mich so brutal „auf den Boden der Tatsachen" geworfen hatte.

Ich kam nicht dazu in den folgenden

Tagen sehr viel Alkohol zu trinken.

Die Einnahme einer ganzen Reihe von Schmerzmitteln lud nicht dazu ein.

Also konnte ich meinen Vorsatz erfüllen etwas langsamer zu tun mit der Sauferei!

Mir wurde bewusst, dass dieser Sturz ein wundervolles, harmonisches Familienfest am Heiligen Abend gefährdet hatte.

Mir wurde bewusst, dass genau das hier die Grenze zum Alkoholismus war, die ich nicht überschreiten wollte.

Bisher hatte ich mich immer damit vertröstet oder beruhigt, dass ich immer nach dem Genuss von Alkohol meine Arbeit gut erledigen konnte und nichts auf der Strecke blieb.

Und ja, ich könnte mich auch jetzt darauf berufen, dass dieser Ausrutscher ein Ausrutscher infolge des Christbaumlobens gewesen war.

Und dass es überhaupt seit unglaublich langer Zeit *das erste Mal* war, dass ich durch den Genuss von Alkohol irgendetwas verpasst oder versaut hätte.

Und ich würde plötzlich und unbemerkt diese Grenze zum Alkoholismus überschreiten, ohne dass ich es wirklich wollte.

Und ganz plötzlich wäre *das erste Mal* dann ... **immer**!

So fand, in dieser Heiligen Nacht, ein kleiner Teil meines Kopfkinos auch ein Ende.

Immer schon hatte ich mir eingeredet, dass ich für mein Tun selbst verantwortlich bin und mich nur vor mich selbst für meine Taten zu rechtfertigen habe. Doch dem scheint nicht so zu sein, denn plötzlich kommt eine Hand aus dem Nichts und knallt mich mal eben so zu Boden. Knallt mich auf den Boden und macht mir klar, dass alle Menschen, egal wie alt sie sind ein Recht auf meine Liebe haben und es nicht geht, dass ich einige davon ausschließen will, weil vielleicht die Freunde, die Familie oder die Umwelt es nicht gut finden, wenn ein alter Mann mit einer jungen Frau unterwegs ist!

Und im Übrigen hätte ich ja genügend älteren Damen die Chance gegeben sich in mich zu verlieben ... aber die wollten einfach nicht!

www.google.de/search?

Und so wurde die Weihnachtszeit doch noch besinnlich für mich.
Ich gebe zu, auf eine andere Art und Weise wie von mir erwartet!

74

Schneetreiben

Es gibt Winter im Allgäu, die fast gänzlich ohne Schnee vorübergehen.

Dann gibt es welche, in denen die Menschen ihre Spielzeuge auspacken, um mit ihnen im Schnee zu spielen.

Im Januar 2019 gab es so einen ...

Was kümmert mich der Schiffbruch

...der Welt, ich weiß von nichts, als meiner seligen Insel.

Friedrich Hölderlin
www.bing.com

Es geht die Anekdote, dass ein Franzose im Neckar zu ertrinken drohte. Als der nun, auf Französisch, um Hilfe Rufende am Hölderlinturm vorbeitrieb, soll Hölderlin, der gerade am Fenster saß, ihm zugerufen haben: „Hättest du mal lieber Schwimmen, anstatt Französisch gelernt, so müsste ich dich jetzt nicht retten!" Diese Geschichte musste sich wohl nach 1806 ereignet haben, da der zu diesem Zeitpunkt als unheilbar krank und verwirrt eingestufte Dichter Zuflucht in dem kleinen Turmzimmer in Tübingen gefunden hatte.

Möglicherweise war diese Fehlbeurteilung des gut französisch sprechenden Franzosen dem Geisteszustand Hölderlins geschuldet.

Ob der Nichtschwimmer letztendlich gerettet wurde, geht aus der Erzählung nicht hervor.

Es wurde vermutet, dass die Raserei, die Wut oder auch der Wahnsinn Hölderlins eine Nacherkrankung der Krätze gewesen sein könnte.
Vielmehr aber könnte seine Krankheit auch durch den Schiffbruch der Welt und seiner eigenen Ohnmacht denselben nicht verhindern zu können verursacht worden sein?
Wahrscheinlich hatte er schon damals, Ende des 17. bzw. Anfang des 18. Jahrhundert erkannt, wie fahrlässig wir mit unserem Planeten umgehen.

Hölderlinturm
www.bing.com

Wahrscheinlich hatte er schon damals erkannt, wie aussichtslos die Bemühung eines einzelnen war, die Welt zu retten.

77

Wie sie, die Bemühung, gleich eines Sandkorns in einer Eieruhr unaufhaltsam in die Tiefe gezogen wird. Und ist sie erst einmal durch den schlanken Hals des Glaskörpers unten angekommen, nicht mehr auffindbar ist und mit der Zeit vergessen wird.

An dieser Stelle muss man kein Hellseher sein, um festzustellen, dass es über kurz oder lang auch diesem jungen Mädchen aus Schweden ergehen wird, das zum Zwecke des Umweltschutzes die Schule schwänzt.

Außerdem irrt der Dichter, wenn er es dem..., wie soll ich mich ausdrücken?

Wenn er es dem „normalen Menschen" zum Vorwurf macht, sich nur um „seine eigene selige Insel" zu kümmern.

Möglicherweise war es vor gut zweihundertfünfzig Jahren noch nicht so deutlich erkennbar wie heute, wie sehr der Mensch auf äußerst raffinierte Art und Weise manipuliert, beschäftigt und vom „Wunsch die Welt zu retten" abgehalten wird. Beschäftigt damit, wie er sich und seine Liebsten über den Monat bringen soll, wenn dieser länger als der Geldschein auf seinem Konto ist. Beschäftigt damit, wenn irgendwelche Dumpfbacken auf Andersdenkende

einprügeln oder
deren Leben durch
Morddrohungen
beeinträchtigen,
weil diese versuch-
ten witzig oder
unterhaltsam zu
sein.
Beschäftigt damit,
dass sie nicht mehr
Neger sagen dür-
fen oder Zigeuner-
schnitzel!
Beschäftigt damit,
dass sie einsam
und alleine vor dem
Computer sitzen,
anstatt sich mit
anderen zu tref-
fen um mit denen
Spaß zu haben oder
sich mit ihnen von
Mensch zu Mensch
zu unterhalten!

Es hat sich ein
Bazillus rund um
den Erdball breitge-
macht.
Wie ein Schleier
umschließt er ihn.
Und zwar nicht, um

ihn zu schützen!
Der Bazillus besteht
aus kranken, geld-
und machtgeilen,
wahnsinnigen Men-
schen, die die Erde
schonungslos aus-
beuten.
Und sie haben es
geschickt gemacht!
Man kommt ihnen
nicht bei!
Sie nennen sich
Staat, Regierung
oder verlogen Volks-
diener.
Sie erfinden täglich
neue Gesetze, um
es sich zu erleich-
tern, den „nor-
malen Menschen"
loszuwerden, wenn
er gegen sie auf-
begehrt oder sich
anschickt die Welt
zu retten.
Sie tun alles, um
den „normalen
Menschen" unter
Kontrolle zu halten,
sei es durch die
Verteilung von Han-

dys oder Schrittzählern. Sie lassen sich täglich Dinge einfallen, die von ihrem Treiben ablenken und dem „normalen Menschen" keine Zeit lassen, auf, aus ihrer Sicht, dumme Gedanken zu kommen.

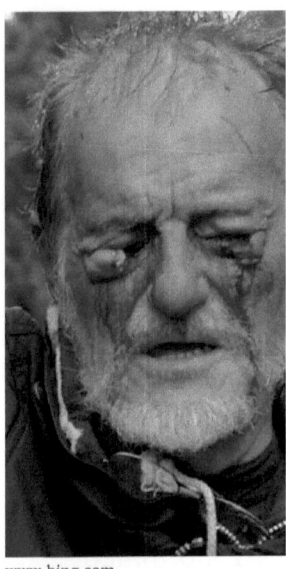

www.bing.com

Und sie kontrollieren Polizei und Wehrmacht, also all diese Institutionen, die Waffengewalt haben.

Da kann es auch schon mal in einer Demokratie passieren, dass einem friedlichen Demonstranten am Stuttgarter Bahnhof das Augenlicht durch Wasserwerfer genommen wird.

Nein, mein lieber Hölderlin, so einfach geht das nicht, dem einzelnen, absichtlich fehlgesteuerten, „normalen Menschen" zu unterstellen, nur seine eigene selige Insel zu sehen.

Nein, mein lieber Hölderlin, so einfach ist es nicht.

Nein und schon gar nicht, wenn man weiß, dass der „normale Mensch" in manchen, wenngleich auch äußerst wichtigen Dingen, einfach nur dumm ist!

Wie soll man eine längst überfällige, gemeinsame Revolution starten, wenn Gleichgültigkeit, Unmenschlichkeit und Unverbindlichkeit über Jahre hinweg von dem Bazillus gesät und ausgetragen wurden, nur um dessen Reichtum zu mehren und zu schützen?

Und wenn ich auch nicht in allem, mit dir lieber Friedrich übereinstimme, so dann durchaus darin, dass wir über das Erlebte wahnsinnig werden könnten bzw. dringend müssten!

Und so bleibt die einzige Hoffnung, dass sich noch geschicktere Herrscher oder Diktatoren, auch Naturgewalten oder Epidemien genannt, zur Wehr setzen, um sich von diesem Schleier, diesem Bazillus zu befreien.

www.bing.com

Doch es wird nicht nur diesen Bazillus treffen. Nein, es wird auch den „normalen Menschen" treffen, weil der zu dumm war, die Zeichen zu erkennen und ihnen entgegenzusteuern.

Kriegsdienstverweigerung

Zweimal hatte ich in meinem Leben den Kriegsdienst verweigert. Das erste Mal in den Jahren 1975 und 1976. Damals brauchte es zwei Gerichtsverfahren in denen die Glaubwürdigkeit meiner Gewissensentscheidung geprüft wurde. Erst nach der zweiten Verhandlung wurde ich als Kriegsdienstverweigerer anerkannt.
Das zweite Mal verweigerte ich den Kriegsdienst 1986. Und zwar für meinen damals vierjährigen Sohn.

Anlass dazu war die Nuklearkatastrophe von Tschernobyl. Ich hatte damals den starken Eindruck, dass die Berichterstattung über den Super Gau in der Ukraine die Menschen in Deutschland durch eine krasse Verharmlosung verarschte.
Die Atomlobby wurde weiterhin geschützt und die Menschen absichtlich getäuscht.

Das Verhalten der Medien

schien mir von der Bundes-
regierung vorgegeben zu sein,
sodass ich das Vertrauen in die
Politik gänzlich verlor.
Hatte ich zehn Jahre zuvor den
Kriegsdienst aus Überzeugung
keinen Menschen töten zu wollen verweigert, so kam ein wei-
terer Grund für mich dazu.

Nämlich der, dass es sich nicht
lohnt für ein Land zu kämpfen,
dessen Regierung die Men-
schen so täuschte.

Also verweigerte ich den
Kriegsdienst für meinen Sohn.
Das brachte mir einen längeren
Briefverkehr mit einem General
der Bundeswehr ein, der mir
die Notwendigkeit von Soldaten
für unser Land erklären wollte.

Wahrscheinlich ahnte er da
zunächst noch nicht, dass
er es mit einem anerkannten
Kriegsdienstverweigerer zu tun
hatte, der seinen Ausführungen überhaupt nicht folgen
wollte!

Irgendwann, so nach dem vierten Schriftwechsel gab er auf.

Hatte er bis dahin an meinen Verstand und meine Einsicht appelliert, so kam er mir in seinem letzten Schreiben mit dem Gesetz daher.
Er teilte mir mit, dass es nicht möglich war, für einen anderen Menschen den Dienst an der Waffe zu verweigern. Und im Übrigen hätte er keine Lust diesen unfruchtbaren Briefverkehr länger aufrecht zu halten.

Ich bedankte mich für seine Schreiben bei ihm und teilte ihm mit, dass mein Sohn in gut vierzehn Jahren dann eben selbst den Kriegsdienst mit der Waffe verweigern werde.

Und tatsächlich kam es so.
Und es kam tatsächlich so, weil es mein Sohn von sich aus wollte und nicht etwa, weil er jemals von diesem Schriftverkehr erfahren hatte oder ich Einfluss auf ihn nahm.

Beerdigung

Am Donnerstagabend saßen
wir noch im Pub am Tresen
und nahmen ein paar Biere.
Am Samstagmorgen bekam ich
die Nachricht, dass er verstor-
ben war.

Natürlich waren wir nicht
immer einer Meinung, manchmal konnte er auch sehr streit-
süchtig sein.

Und dennoch musste man ihn
lieben!

Nein, ich hatte ihm natürlich
nie gesagt, dass ich ihn liebte.
Nein, das hätte er nicht gewollt.
Auch aus den Gründen nicht,
weil er ein Macho war und wir
beide natürlich nur auf Frauen
standen.

Aber nun, da ich vor seinem
Grabe stehe und in die Grube
blicke, denke ich, ich hätte es
durchaus einmal sagen sollen!
Selbst wenn er „nur" ein Mann
war!

WhatsApp Konversation

Es war nicht ihre Art, auf WhatsApp
Nachrichten sofort zu antworten.
Oft dauerte es viele Stunden bis sie sich
meldete, manchmal schrieb sie erst am
nächsten Tag.
Das war durchaus zu ertragen, wenn
man sich einmal darauf eingestellt hatte.
Nicht wirklich zu ertragen war für mich,
dass sie ihre Nachrichten meistens mit
den Worten „Lieber Jürgen" begann.

Immer wenn ich diese beiden Worte las,
kam mir das Lied „Dogs in the yard" aus
dem Musikfilm „Fame" in den Sinn.

Es beschrieb die Gedanken eines jungen
Mannes:

„Ich möchte böse sein und mich um
nichts mehr kümmern müssen.
Ich möchte irgendwo, dass die Gedanken,
die mich davon abhaltenden, aus meinem
Kopf verschwinden.
Ich will verrückt werden, wie die Hunde
draußen im Hof.
Ich denke, dass ich Poker spielen und
jede Nacht unterwegs sein werde.
Ich möchte faul sein, wie die Hunde im
Hof
Und ich möchte mich auf siebenundvier-

zigjährige Frauen einlassen.
Ich möchte im Morgengrauen Steine
ins Wasser werfen und faul sein wie die
Hunde draußen im Hof.
Ja, das möchte ich tun!"

... und dann: „Lieber Jürgen"

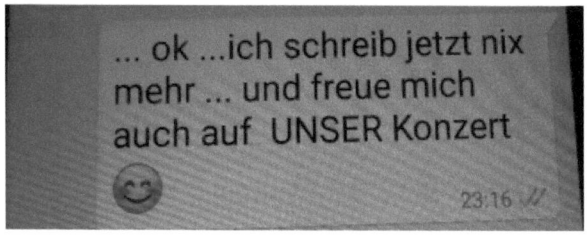

An diesem Abend, hatte ich nicht damit
gerechnet, dass sie auf eine Nachricht
von mir sofort antworten würde. Ich hatte
ihr mitgeteilt, dass ich noch zwei Karten
für ein Konzert, mit dem ich sie überra-
schen wollte, bekommen hatte.
Überzeugt davon, dass sie sich erst am
nächsten Morgen melden würde, begann
ich in einer weiteren Nachricht zu schreiben, dass sie doch bitte das „Lieber Jürgen" durch ein schlichtes „Hallo" ersetzen
möge.
Doch zu meinem Erstaunen trudelten,
noch während ich schrieb, gleich zwei
Nachrichten von ihr bei mir ein.

Und beide ohne „Lieber Jürgen" und
beide ohne irgendeine Anrede.
Irgendwie kreuzte der Gedanke: "Ach
guck mal, es geht ja auch ohne!" meinen
Sinn.
Also brach ich meine Nachricht ab, aber
wohl nicht meinen Gedanken, von dem
sie ja überhaupt keine Ahnung haben
konnte. Ich brach also die Nachricht ab
und schrieb: „... ok ... ich schreib jetzt nix
mehr ... und freue mich auch auf unser
Konzert".

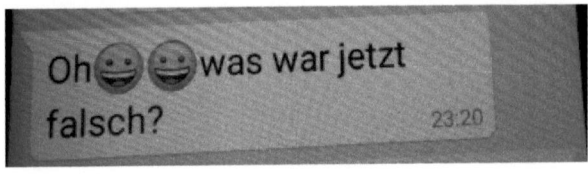

Dass ihre Antwort folgerichtig „Oh, was
war jetzt falsch?" lauten musste, wurde
mir dann ganz plötzlich klar.
Und schon hatte meine WhatsApp Nachricht für große Verwirrung gesorgt.
Und da es mir immer wieder passierte,
dass sich solche Missverständnisse beim
Schreiben ergaben, sollte ich mich vielleicht doch einmal an meine Vorsätze
halten: „Ok ... ich schreib jetzt nix mehr!"
und/oder „Ich möchte böse sein ...!"

Nicht, meine Zeit zu sterben

So lange ich denken kann,
versuche ich dahinter zu kommen, nach welchen Kriterien
das Universum oder was auch
immer, bestimmt, dass ein
oder mehrere Menschen zur
gleichen Zeit sterben müssen.
Oft kommt der Tod unange-
kündigt und sehr unverhofft.
Manchmal läßt er sich Zeit,
lässt den Sterbenden schier
unendlich lange leiden.

Und eigentlich ist an jedem Tag
meine Zeit zu sterben.
Aber ich weiß es nicht, welcher
dieser Tage es sein wird.

Und an manchen Tagen pas-
sieren mir Dinge, die durchaus
dazu beitragen könnten, dass
ich daran sterben müsste.
Kleine oder große Unfälle, die
auf sonderbare Art und Weise
glimpflich ausgehen.

Dann weiß ich, dass das noch
nicht meine Zeit zu sterben
war. Und ich wäge mich in
Sicherheit für einen neuen Tag.

Rehasport

Ja, wir alle, auch die, die schon etwas älter sind, möchte gerne etwas für unsere Gesundheit tun. Wir wollen in Bewegung bleiben. Und wenn es nicht mehr zu einer Mitgliedschaft in einem Sportverein reicht, dann gehen wir halt zum Rehasport.

Auch ich wollte in Bewegung bleiben. Also ließ ich mir von meiner Hausärztin die Teilnahme in einer Reha Sportgruppe verschreiben.

Nun ist es ja so, dass wenn sich ein Mensch im Spiegel anschaut, er sich gerne einmal in die Zeiten von Grimms Märchen zurückversetzt und meint, dass er gleich der bösen Königin aus Schneewittchen die Schönste im ganzen Land sei.

An vereinzelten Tagen im Jahr, ergeht das mir auch so, wie ich bereitwillig eingestehen mag.

Hauptsächlich sind das inzwischen die Tage, an denen ich zum Rehasport gehe.
Nun, ok, nicht jeder kann an diesen Tagen dann gleich gut aussehen wie ich es tue.

Aber mal ehrlich, ich glaube jetzt nicht mehr, dass ich wirklich schon zum Rehasport gehen sollte.

Zu sehr hebt sich dort mein Spiegelbild von dem Spiegelbild der anderen ab.
Und ja, ich hörte schon von dieser Einsamkeit im Alter.
Und ja ich hörte auch schon von der Kontaktlosigkeit unter denen wir Alten einmal zu leiden hätten.
Und ja, es ist immer schön, wenn wir etwas Zuneigung bekommen und uns gegenseitig berühren!

Zur Einstimmung auf die Übungsstunde bildeten wir einen Kreis und drehten uns dann alle nach links um. Ich stand also nun da, so eingepfercht zwischen einer sehr viel älteren Dame hinter mir und einem ebenso alten Herren vor mir. Die Übung bestand darin, dem jeweiligen Vordermann vom Kopf ausgehend über den Rücken zu streicheln. Zum Abschluss gab es noch einen Klaps auf das Hinterteil. Ich hatte wirklich mächtig Spaß dabei, einem älteren Herren den Rücken zu streicheln, während eine alte Dame mir auf meinen Hintern rumklopfte.

Geliebte Menschen gehen dahin

Manchmal kann ich es nicht mehr ertragen.
Manchmal möchte ich zu keiner Beerdigung mehr gehen.

Allzu viele geliebte Menschen gehen
dahin, sterben einfach so weg.
Es mögen so an ein Dutzend von ihnen
gewesen sein, die sich in den letzten zwei
Jahren einfach so aus dem Staub machten.
Einfach so von uns gingen, manche
ohne Vorwarnung, manche weil das Alter
danach war.
Die Trauer über den Verlust jeden einzelnen war immer gleich groß, so schien es
mir bis vor ein paar Tagen noch.

Es ist nicht lange her, da auch mein
Vater starb.
Er schien mir damals der größte Verlust
meines Lebens von allen zu sein.

Doch nun ist mein Freund Bernd gestorben.
Sein Tod hat mich sehr getroffen. Er hat
mich sehr viel mehr getroffen als der Tod
meines Vaters. Warum ist das so?
Papa hast du eine Antwort darauf für
mich?

„So ein bisschen Verliebt zu sein"

Ok, du sagst du willst dich nicht mehr
verlieben! OK, du sagst du willst keine
Beziehung mehr! OK, du sagst, dass du
frei sein willst!
OK, ich höre deine Worte wohl! OK, doch
irgendwie verhältst du dich nicht so, wie
du es sagst!

Denn ich spüre, dass du gerne in meiner
Nähe bist! Und vielleicht hältst du dich
auch nur mit aller Macht an deinen Worten fest! Vielleicht auch nur, um uns zu
schützen? Denn vielleicht bist du ja eine
ganz andere, als die, die ich in dir sehe?

Und wenn du nicht im Stande bist, dich
von deinen Worten zu lösen oder nicht die
Leichtigkeit erkennst, mit der dich
„So ein bisschen Verliebt zu sein"
durch deine Tage tragen kann, dann lass
meinen Traum trotzdem noch ein wenig
länger leben.
Denn ich liebe es,
„So ein bisschen Verliebt zu sein"!
Das fühlt sich sehr gut an.

Aber was ich eigentlich nur sagen wollte:
„Es ist schön, dass es dich gibt!"
Auch dann, wenn du so unerreichbar für
mich scheinst!

Scheiss Handy

Viele, fast ein jeder besitzt
heutzutage ein Handy.
Man weiß es wohl, dass das in
vielerlei Hinsicht nicht gut ist.
Man weiß z.B., dass man damit überwacht wird.
Man weiß, dass man damit
abgehört wird.
Man weiß, dass die Strahlung
nicht gesund für uns ist.
Man weiß, dass es zu Missver-
ständnissen führt, will man die
Sätze nicht mehr richtig aus-
schreibt oder formuliert.

Man weiß aber auch, dass
wenn der Name eines gelieb-
ten Menschen auf dem Display
erscheint, dass man sich sehr
darüber freut.

Mein Leben war behütet ...

Ich habe sie nie gezählt und auch nie miteinander verglichen.

Ich habe sie immer geliebt so gut ich konnte, auch wenn es mit zunehmendem Alter nicht mehr so einfach war.

Nicht mehr so einfach war, irgendwelche sportliche Figuren zu vollführen.

Nicht mehr so einfach war, weil auch die Kondition in all den Jahren schwer gelitten hatte.

Selbst nach meinen Scheidungen und den Geburten meiner drei Kinder begann ich nicht zu zählen.

Und doch blieb ich in all den Jahren verschont vor irgendwelchen komischen Krankheiten.

Verschont vielleicht auch deshalb, weil ich etwas anspruchsvoller wurde bei der Wahl meiner Partnerinnen. Ab irgendeinem Zeitpunkt im Leben nimmt man ja nicht mehr jede mit ins Bett. Möglicherweise ändert sich das wieder im Laufe der Jahre? Wahrscheinlich blieb ich verschont, weil ich auf mich achtete. Denn ich wollte mir die Unbeschwertheit bewahren im Umgang mit meinen Kindern und Enkelkindern! Doch dann kam Corona!

Nicht die, für die ich dich halte?

Manchmal kommen mir Zweifel.
Zweifel ob du wirklich die bist, für die ich
dich halte?
Oft, allzu oft trifft man einen Menschen,
den man auf Anhieb gut leiden kann.
Oft, allzu oft kommt es dann vor, dass die
Gedanken und die Schmetterlinge zu flie-
gen beginnen.
Oft, allzu oft sieht man diesen Menschen
durch eine getrübte Brille, ohne zu mer-
ken, dass der Blick hätte klarer sein können oder vielleicht auch müssen.
Doch man will es nicht wissen, will keine
anderen Gedanken aufkommen lassen.
Und das obwohl dieser Mensch klare Zei-
chen gibt, doch die übersieht man dann
einfach allzu gerne.
Vielleicht geben dir Freunde schon den
Rat, doch einmal die Brille zu putzen und
die Dinge etwas realistischer zu sehen.
Doch du bist wie du immer bist, wenn du
jemanden ein einziges Mal zu tief in die
Augen geschaut hast.
Und du bist tatsächlich wieder jener, der
sich trotz aller Warnungen und eigenen
Zweifel ganz nach vorne drängt, um in
sein Verderben zu laufen?
Vielleicht aber auch sind die Worte dieses
Menschen deshalb so schwer zu verste-
hen, weil er sich nicht wirklich danach

verhält. Vielleicht hat er nicht gelernt
klare Entscheidungen zu treffen oder er
möchte dir einfach nur nicht weh tun.
Ich weiß es nicht.
Aber am Ende ist es mir egal, ich lasse
mich trotz allem auf ihn ein, weil ich diesen Menschen einfach super toll finde.
Ich lasse mich auf ihn ein, auch wenn ich
mich am Ende auf dem Boden vor dem
Spiegel heulend liegend wiederfinde.
Wenn mein gnadenloses Spiegelbild zu
mir spricht: Selber schuld mein Junge,
denn du hattest ja schon deine Zweifel
angemeldet und wieder nicht beachtet!
Und wieder greife ich zur Flasche, be-
saufe mich so richtig, so wie es Männer
tun, wenn sie von einer Frau verlassen
werden.
Doch dieses Mal falle ich nicht in ein
dunkles tiefes Loch. Falle nicht in jahre-
lange Trauer und winsel wie ein Hund!
Nein, denn selbst diese Zeit in der ich
blind und geblendet war von diesem
Menschen, war schön für mich an seiner
Seite.
Und so lautet wieder einmal mein Trost,
wie die vielen Male vorher schon:
Ich bin alle Jahre zuvor ohne sie ausge-
kommen, also werde ich locker auch die
Jahre nach ihr, gut ohne sie auskommen!

Verpasste Gelegenheit?

Fast gleichzeitig kamen wir an dieser Tankstelle an den Zapfsäulen zu stehen. Sie auf der linken Seite der Insel, ich auf der rechten.
Gleichzeitig stiegen wir aus den Autos und unsere Blicke trafen sich.
Ihr entwich ein „Aber Hallo!" mir keines, denn ich war sprachlos.
Ein kurzes Lächeln noch und dann Routine.
Tankdeckel abschrauben, Benzin einlaufen lassen, zur Kasse gehen und weiterfahren! Und nie mehr wiedersehen!
Ich ärgerte mich, dass ich in dieser Situation nicht schlagfertiger und schon mit den Gedanken fünfzig Kilometer weiter war! Und ich schwor mir die nächste Gelegenheit eine Frau auf diese Art kennenzulernen nie wieder zu verpassen.
Ich hätte gerne gewusst, was sich daraus hätte ergeben können?

Also schrieb ich zuhause einen kleinen Zettel, in dem ich mein Anliegen erklärte, nämlich den, herauszufinden, was sich aus solchen Begegnungen ergeben könnte und steckte ihn in meine Hosentasche. Nur leider passieren solche Situationen

nicht allzu oft.
In den darauffolgenden Monaten passierte mir nichts Ähnliches mehr.
Da half es auch nicht, dass ich ab und zu an dieselbe Tankstelle fuhr. Die damals getroffene Schönheit blieb auf immer verschwunden.
Ich versuchte das Glück zu zwingen, indem ich den Zettel hier und da einer Frau, die mich anlächelte zusteckte. Aber sie meldeten sich nicht. Sie meldeten sich nicht, weil wahrscheinlich dieser magische Moment fehlte. Dieses „Aber Hallo!" Und so vergaß ich diesen Zettel in meiner

Hosentasche. Und nicht nur das, sondern ich nahm ihn auch nicht aus der Tasche als ich die Hose in die Waschmaschine steckte.

Ein wenig später hatte ich dann tatsächlich eine ähnliche Begegnung.
Nur mit dem Zettel konnte ich nichts mehr anfangen...
Und so verpasste ich sie wieder, die Gelegenheit!

Papa, jetzt habe ich schon Kinder!

„Papa, ich habe Mist gebaut!", hörte ich meine Tochter Jennifer durch das Telefon sagen.

Sie war so aufgeregt wie lange nicht mehr, obwohl sie hin und wieder auch in der Vergangenheit Mist gemacht hatte.

Nur bis jetzt konnte der Vater ihren Mist meistens wieder ausbügeln.

Dieses Mal, so fand sie, hatte sie richtig Mist gemacht, denn sie schien zu wissen, dass ihr der Vater nicht helfen konnte.

Sie war sich wohl des Ausmaßes nicht bewusst, was es bedeutete, sich mit den Medien einzulassen.

Doch wie heißt es so schön in Goethes Zauberlehrling? Die Geister die ich rief, die werde ich nicht mehr los!

Und im weitesten Sinne ging es hier tatsächlich auch um eine Art von Geistern. K'0rona hieß ihr Geist.

Ein paar Tage zuvor wurden in Bayern die Schulen wegen des Coronaviruses geschlossen. So bekam auch ihr sechsjähriger Sohn hautnah zu spüren, dass die Welt nicht mehr in Ordnung war.

Und weil der unsichtbare Feind sich wie ein Geist oder Gespenst in den Kopf des kleinen Jungen bohrte, bekam dieser Angst und hatte Alpträume.

Um ihm die Situation besser erklären zu

können, malte die Mutter ein paar Bilder und erklärte dem Kind in ein paar Sätzen, worum es bei diesem Virus ging und was zu tun war, um sich davor zu schützen. Und so entstand aus ihrer Bildergeschichte ein kleines Kinderbuch durch welches den Kindern die Angst vor der geheimnisvollen Krankheit genommen werden sollte. Und da sie nicht nur ihrem eigenen Kind damit helfen wollte, schickte sie das Manuskript an die Allgemeine Augsburger Zeitung.
Natürlich konnte sie nicht ahnen, was dann geschehen sollte. Ein Redakteur nahm ihre Idee auf und veröffentlichte das Buch zunächst online. Das hatte zur Folge, dass ihr Kinderbuch nicht nur bei der Augsburger allgemeinen, sondern auch gleich noch bei der Abendzeitung, der Welt und Focus online landete.
Und ganz plötzlich war sie bekannt, wie ein bunter Hund. Neben sehr viel Beifall auf ihrer facebook Seite bekam sie natürlich auch schlechte Kritiken.
Doch damit muss ein Autor leben!
Diese Weisheit hatte sie von ihrem Vater, der gelegentlich auch mal ein Buch schreibt, wenngleich nicht so erfolgreich, wie die Tochter.
Doch nicht genug mit den online Zei-

tungsberichten. Am nächsten Morgen stand ein Bericht über sie und ihr Kinderbuch in der Zeitung.
Und so machte ihre Geschichte die Runde.
Unter „adLibrum.de" war zu lesen, dass sie das Buch geschrieben hatte, um ihren Kindern die Angst zu nehmen.
„Meinen Kindern... Papa, jetzt habe ich schon Kinder!"
Und wieder wusste ihr Vater zu berichten, dass das so mit den Medien ist, dass sie einfach was dazu mogelten.
Oder hatte ich da was verpasst?
Nein, ich hatte nicht: sie hat immer noch nur einen Sohn.
Aber damit war es noch nicht genug!
Es meldete sich jemand vom regionalen Rundfunksender Hitradio rt1 und bat sie um ein Interview.
Jetzt war sie natürlich total nervös und hatte keine Ahnung, was sie tun soll:
„Papa, ich habe Mist gebaut!"
Ich fand, dass sie dieses Mal keinen Mist gebaut hatte.
Ich fand es schön, dass das Buch so gut in der Öffentlichkeit angenommen wurde.
Und ich fand, dass sie das Interview ruhig machen sollte, denn ich wusste aus meinem eigenen Leben, dass man tatsächlich später einmal nur die Dinge bereute, die man nicht gemacht hatte.

Und wann wurde man schon mal im Radio interviewt?

Hallo,
ich heiße ‚K'orona!

Jennifer Bahro

Ich versuchte ihre Bedenken, dass sie dadurch vielleicht noch mehr Kritiker auf facebook bekommen würde zu zerstreuen. Es ist leider auf dieser Welt so, dass Menschen, die etwas machen sich sozu- sagen „vor den anderen ausziehen" und dadurch angreifbar werden.
Nur sind es sehr oft solche Menschen, die selber nichts tun oder nichts zu Wege bringen und dann neidisch werden. Heut- zutage ist das leider so, dass jeder nur noch auf seine Dinge schaut.
Vielleicht liegt ja auch deshalb eine Chance für unsere heutige Gesellschaft in der Corona Krise.
Vielleicht besinnen sich die Menschen darauf, dass sie miteinander auf diesem Planeten leben sollten.
Und dass sie nun, da sie ihre sozialen Konflikte nicht mehr pflegen dürfen, ein

ganz hohes Gut verloren hatten!
Vielleicht besinnen sie sich darauf, dass
Geld nichts im Vergleich zu Gesundheit
und Freiheit ist.
Vielleicht merken selbst die, die rücksichtslos diese Erde ausnutzen und sie
für höhere Umsatzzahlen aufs Spiel setzen, vielleicht merken die endlich auch
einmal, auf welchen Schwachsinn sie sich
da tagtäglich einlassen.
Denn mir ist immer noch nicht bekannt,
dass irgendjemand seine Villa oder den
Ferrari der davorsteht, mit ins Grab
genommen hätte.
Und obwohl ich gerade so auf das Geld
schimpfe, wünsche ich mir nicht, dass
das Bargeld abgeschafft wird, obwohl
sich die Corona Krise als wichtiger Grund
dafür anbieten würde!

Die absolute Krönung, die die Nervosität
meiner Tochter noch größer werden ließ,
war der Anruf eines Mitarbeiters vom
Regionalfernsehen in Augsburg.
Aber damit musste sie nun selber fertig
werden!
Der Vater stand in diesem Fall nicht zur
Verfügung, zuletzt schon deshalb nicht,
weil sie viel hübscher im Fernsehen anzu-
schauen wäre!

Grün

In meiner Kindheit faszinierte mich immer die Farbe Rot. Wahrscheinlich deshalb, weil sie neben der Farbe Gelb am auffälligsten leuchtete.

Später, als ich mit dem Fußballspielen begann und Fan des Fußballvereins FC Schalke 04 wurde, tauschte ich das Rot gegen Blau und Weiß. Und wieder etwas später, als ich herausfand, dass ein Fußballspiel nicht alles war, was mein Leben bestimmen sollte, wechselte ich zu Brünett oder auch zu Blond.

Die Farbe Grau hatte ich mir nicht wirklich selber ausgesucht. Sie schlich sich mit den Jahren in mein Leben. Es begann mit den Haaren und endete manchmal mit den grauen Tagen, die den Alltag nicht mehr so bunt erscheinen ließen, wie er es schon einmal war.

An Sonnentagen ging ich dann hinaus und setzte mich sehr gerne in ein Cafe' im Grünen. Es war unglaublich, wie viele unterschiedliche Grüns es gab, wenn die Sonnenstrahlen an den Blättern der Bäume und Sträucher reflektierten. Oder wenn nach einem Schauer die Blätter die Regentropfen abperlen ließen und in ihrem natürlichen Glanz erstrahlten.

Seit ich das nun endlich nach langer Zeit bemerkt hatte, war meine Farbe: Grün!

Zungenbiss

Es ist ein ruhiger Morgen heute
Morgen. Ich sitze beim Frühstück und gieße mir gerade die
zweite Tasse Kaffee ein.
Im Hintergrund läuft ruhige
Musik und ich lümmel ziemlich
entspannt am Tisch herum.
Doch irgendwie beginnen
meine Gedanken zu wandern.
Es ist dieses Kopfkino, das einfach so losläuft, ohne dass ich
großen Einfluss darauf habe.
Und so denke ich ganz plötzlich an jemanden, der mich
kürzlich mal geärgert hatte.
Und so ganz plötzlich, so
nicht von mir gewollt, ist der
Morgen nicht mehr ruhig. Ich
hege innerlich einen leichten
Groll gegen diesen Menschen.
Und während ich so an meiner Scheibe Brot runterbeiße,
machen sich böse Gedan-
ken gegen diesen Menschen
in meinem Kopf breit. Doch
dann: „Aua!" Und so werde ich
ganz sanft durch einen Biss
auf meine Zunge vom Schick-
sal dazu ermahnt, die bösen
Gedanken fallen zu lassen.

Zungenkuss

Es ist ein magischer Moment, wenn sich
zwei Menschen küssen.
Nicht nur, dass sie sich dadurch sehr
nahekommen. Nein sie zeigen Leiden-
schaft, so es denn ernst gemeint ist mit
dem Kuss.
Wenn ihre Zungenspitzen sich berühren,
sanft zunächst, dann fordernd.
Wenn ihre Zungen sich umschlingen und
lustvoll miteinander spielen.
Wenn sie von einer Seite auf die andere
springen oder sich ein wenig zurückzie-
hen, um von vorne zu beginnen.
Es ist ein magischer Moment, wenn man
das Gespür hat, sie nicht dem anderen zu
weit in den Mund zustecken.
Nicht so weit, dass er zu würgen beginnt.
Es ist schön und anständig zugleich,
wenn man sich besinnt, nicht auf ihr rum
zu beißen.
Oder sie ganz einfach nur geschwind, in
den eigenen Rachen zu saugen.

Doch noch magischer erscheint mir der
Moment, wenn die gierigen Zungen im
Munde versteckt bleiben.

Wenn sich nur die Lippen hauchzart berühren und kaum spürbar übereinander
hinweggleiten.

ME TOO

Und da wir gerade beim Küssen sind, fällt mir dazu auch
noch eine Kurzgeschichte ein,
die mir so vor einigen Monaten
passiert ist.
Ich war zu einer Party in meiner Stammkneipe eingeladen.
Mandy, die Frau meines
Freundes Helmut feierte ihren
55. Geburtstag.
Zu diesem Zweck war der
Stammtisch von unserer Wirtin
schön eingedeckt. Doch heute
durften nur geladene Gäste an
diesem bevorzugten Tisch Platz
nehmen. Die Feier war in vol-
lem Gange und wir waren alle
bester Laune.
Gegen später dann betrat eine
Frau die Wirtschaft. Natürlich kannte ich auch sie „vom
Sehen", so wie wir uns hier in
unserer kleinen Stadt fast alle
kannten. Es war unschwer
zu erkennen, dass sie heute
wohl auch schon gefeiert hatte.
Doch zu meiner Überraschung
steuerte sie schnurstracks auf
unseren Tisch zu. Packe mich
an den Schultern, riss mich

herum und knutschte mich
vor versammelter Gesellschaft
minutenlang ab. Ich hatte
Mühe, sie aus meinem Gesicht
zu bekommen.

ME TOO

Mandy war darüber so sehr
entsetzt, dass sie sie vom Tisch
verwies. Die knutschwütige
Dame verlief den Tisch ohne
Widerspruch und setzte sich
an die Theke.
Natürlich konnte ich mir diesen sexuellen Übergriff nicht
gefallen lassen, nicht vor allen
meinen Freunden. Ich folgte ihr
an die Theke und knutsche sie
solange bis sie fast keine Luft
mehr bekam. Also knutschte #
me too (# ich auch)!

Flusslauf

Das Leben scheint
wie ein Fluss zu
sein.
Es entspringt als
kleines Rinnsal aus
dem Schoße der
Natur. Scheu und
unsicher windet es
sich anfangs um die
kleinen Kieselsteine
in dem winzigen
Bachbett.
Doch schon bald
legt es jede Furcht
ab und weitet sei-
nen Lauf und seine
Ufer aus.
Gelegentlich ver-
harrt es in kleinen
Tümpeln um neue
Kraft zu schöpfen.
Und zuweilen wird
es übermütig,
stürzt sich in Täler
hinab um seine
Grenzen zu finden.
Stolz und kraftvoll
fließt es in geord-
neten Bahnen,
um immer wieder

einmal über die Ufer zu treten, um neue Regionen zu erkunden. Mal verläuft es sanft und gütig, mal wild und zerstörerisch. Und dann, wenn es zu einem großen starken Strom gewachsen ist, strahlt es Ruhe aus auf alle seine Betrachter und kann zu deren Zufriedenheit und Glück beitragen.

Es ist besinnlich und müde geworden von dem langen Weg bis hierher. Hierher zum Delta vor dem Meer.

Bevor es sich ein letztes Mal in dessen Fluten stürzt, um sich unbedeutend im Großen zu verlieren. Und um eins zu sein mit der Unendlichkeit.

Bildnachweise

Viele Bilder in diesem Buch
sind aus dem Internet entnom-
men. Meistens mit der Google-
Suchmaschine gefunden.
Ich habe versucht den Pfad
einzufügen, um zum Urheber
diese Bilder zu gelangen.
Bilder ohne Nachweis habe ich
selbst fotografiert.

Quellennachweise

Wenn Textpassagen aus dem
Internet verwendet wurden,
habe ich auch hier versucht
über den Pfad zum Urheber zu
gelangen.

Schleichwerbung

Bilder oder Texte in diesem
Buch, die nach „Schleichwer-
bung aussehen", sind zufällig.
Ich weise darauf hin, dass es
noch andere Firmen gibt, die
dieselben Produkte herstellen.

Über den Autor

 Jürgen Bahro,
Jahrgang 1955
Hobbyautor
mit dem Ziel zu
unterhalten.

Weitere Bücher:

Mörder (-macher)
Gedanken eines entsorgten Vaters
ISBN-13: 9783837020786

57 Stunden
Reisebericht eines Flugangsthasen
ISBN-13: 9783844801842

Neue Ufer
Das Bodensee-Schiffer-Patent miter-
leben!
ISBN-13: 9783741275012

furchtbar sensationell
Wir gehen ein Teilstück des Europa-
wegs E5 von Rovereto nach Verona
ISBN-13: 9783750417809

Inhaltsverzeichnis

Inhaltsverzeichnis

Isny im Allgäu, September 2020
1. überarbeitete Auflage,